Le tueur à la rose

Le tueur à la rose

Janet E. Gill

Traduit de l'anglais par
MARTINE PERRIAU

Les éditions
Héritage inc.

Données de catalogage avant publication (Canada)

Gill, Janet E

Le tueur à la rose

(Frissons ; 81)
Traduction de : Fatal delivery.
Pour les jeunes de 12 à 14 ans.

ISBN 2-7625-8755-7

I. Perriau, Martine.   II. Titre.   III. Collection.

PZ23.G536Li 1998   j813'.54   C97-941511-X

Fatal Delivery
Copyright © 1996 Janet E. Gill
Publié par Avon Flare Books

Version française
© Les éditions Héritage inc. 1998
Tous droits réservés

Illustration de la couverture : Sylvain Tremblay
Mise en page : Jean-Marc Gélineau

Dépôts légaux : 1ᵉʳ trimestre 1998
Bibliothèque nationale du Québec
Bibliothèque nationale du Canada

ISBN : 2-7625-8755-7   Imprimé au Canada

LES ÉDITIONS HÉRITAGE INC.
300, rue Arran, Saint-Lambert (Québec) J4R 1K5
Téléphone : (514) 875-0327
Télécopieur : (514) 672-5448
Courrier électronique : heritage@mlink.net

FRISSONS^MC est une marque de commerce des éditions Héritage inc.

Nous remercions le ministère du Patrimoine du Canada pour son
aide financière.

À Kathleen

Chapitre 1

Babette prit le journal du samedi matin sur le paillasson et le déplia en se dirigeant vers la cuisine. Le gros titre lui sauta aux yeux :

LE TUEUR À LA ROSE FRAPPE DE NOUVEAU !

— Non, pitié, non ! murmura-t-elle en fixant la photo de la troisième victime du meurtrier au bas de la page.

C'était une jeune fille d'environ seize ans — l'âge de Babette. Blonde, grand sourire, assez jolie pour être mannequin. Babette ne la connaissait pas. Son soupir de soulagement la fit se sentir coupable. Comment pouvait-elle être soulagée de la mort de quelqu'un ?

« Loin de moi cette pensée », se dit-elle.

Elle lut rapidement l'article en avançant vers la cuisine. Les parents de la jeune fille étaient venus s'installer à Saint-Clément deux mois plus tôt. Ils voulaient fuir ce qu'ils appelaient la « folie des grandes villes ». Leur fille n'était arrivée que la semaine dernière, à la fin de l'année scolaire. Elle était mannequin à mi-temps, comme les autres victimes.

La veille, le père de la dernière victime avait déposé celle-ci au club jeunesse de Saint-Clément. Ceux qui se souviennent de l'avoir vue disent qu'elle en est partie, seule, vers vingt-trois heures. Selon ses parents, et comme elle habitait tout près, elle avait sans doute décidé de rentrer à pied. Le tueur l'avait assaillie à deux coins de rue de chez elle. Comme pour ses deux premières victimes, le meurtrier s'était servi d'une corde pour l'étrangler. Puis il avait abandonné une longue rose en soie sur son corps.

Babette ne connaissait pas la première fille assassinée. Celle-ci était venue à Saint-Clément pour rendre visite à sa grand-mère pendant les vacances scolaires du printemps. La deuxième victime venait de Valmont, la ville voisine de Saint-Clément. Babette l'avait battue à deux reprises à la course à pied lors de deux rencontres d'athlétisme.

Elle se souvenait de la poignée de main de la jeune fille et de son visage souriant. Elle avait dû aimer la vie et ne s'était certainement pas attendue à la quitter si soudainement.

«Ç'a dû être terrible pour elles», se dit Babette, prise de frissons en réalisant d'un seul coup ce qui venait de se produire.

— Bonjour, Babette! lui dit son père tandis qu'elle entrait dans la pièce.

Il prenait son café, assis à la table de cuisine.

— Bonjour, papa.

Il la dévisagea.

— Que se passe-t-il?

Elle poussa le journal vers sa main tendue. Lorsqu'il vit le gros titre, ses yeux s'écarquillèrent.

— La connaissais-tu?

— Non, pas cette fois.

Il parcourut la page des yeux, les mâchoires crispées tandis qu'il lisait.

— C'est la troisième en moins de deux mois. Pourquoi Daniel n'arrête-t-il pas le meurtrier?

Daniel Riel était le chef de la police de Saint-Clément. Lui et le père de Babette avaient grandi ensemble et étaient les meilleurs amis du monde.

— Je suis certaine qu'il essaie, papa.

Elle versa des céréales et du lait dans un bol avant de le rejoindre à table. Le soleil de juin pénétrait par la fenêtre à côté d'elle et éclaboussait la nappe à petits carreaux jaunes et blancs.

«C'est étrange comme la journée peut paraître normale», pensa-t-elle.

Elle se secoua mentalement. Elle avait une chose importante à faire. Elle ne pouvait pas rester là à ne penser qu'au meurtre.

Elle feuilleta le reste du journal en mangeant ses céréales. Tirant à elle le cahier des annonces classées, elle en tourna les pages jusqu'à la rubrique «Aide demandée». L'école était finie et elle était enfin assez vieille pour assumer un véritable travail d'été. Finie l'attente d'appels pour garder des enfants. Finie la distribution des journaux à cinq heures du matin. Fini le désherbage chez les voisins. Finis les petits boulots qui rapportent trois fois rien.

Elle devait gagner de l'argent. Son entraîneur lui avait laissé entendre qu'en s'inscrivant au camp d'entraînement prévu à la fin du mois d'août, elle aurait de bonnes chances de se qualifier pour le championnat provincial d'athlétisme de l'année suivante. Mais le camp coûtait cher. Et ses parents lui avaient demandé d'en payer la moitié.

Son père lui avait offert de venir travailler à la pharmacie, mais il n'avait pas réellement besoin d'elle. De plus, elle souhaitait être plus indépendante.

Elle fit courir son doigt le long de la première colonne d'annonces. Elle aurait pu travailler dans l'un des deux restaurants à service rapide, mais des amis lui avaient dit qu'elle devrait parfois commencer sa journée à quatre heures du matin. Ou travailler jusqu'à minuit. Elle n'avait pas de voiture, et ses parents ne la laisseraient jamais se déplacer à vélo en pleine nuit. Surtout maintenant, avec ce tueur qui rôdait.

Son doigt s'arrêta sur la colonne suivante.

Aménagement paysager. Temps plein ou partiel. Idéal pour les étudiants. 555-7591

S'emparant d'un crayon sur une étagère derrière elle, elle encercla l'annonce. «C'est déjà mieux que le désherbage», se dit-elle.

Elle aimait travailler à l'extérieur et elle ne cherchait qu'un travail à mi-temps. Elle prévoyait passer le reste de ses journées au parc avec ses amies. Avec ses amies et, si la chance lui souriait, avec Maxime Simoneau. Elle repoussa cette pensée. Si elle se mettait à rêver à lui, son souhait ne se réaliserait jamais. Son doigt courut jusqu'au bas de la page.

Gardienne à temps partiel pour enfant de quatre ans et travail de classement. 7 $/h. 555-1003

« Sept dollars ! se dit Babette. Quatre heures par jour, cinq jours par semaine... »

Elle fit rapidement ses calculs dans la marge du journal. Cent quarante dollars par semaine ! Elle en aurait plus qu'assez pour son camp d'entraînement.

Mais tout le monde chercherait à décrocher ce travail. Quelles seraient ses chances ? Elle encercla néanmoins l'annonce.

Elle finit de lire la section. Aucune autre annonce ne lui convenait.

Elle posa le téléphone sur la table et composa le numéro de la première annonce. Un répondeur fut déclenché à la deuxième sonnerie. Une voix d'homme se fit entendre.

« Si vous appelez pour du travail, veuillez laisser votre nom et votre numéro de téléphone après le signal. Je vous rappellerai dès que possible. »

Au signal, Babette commença : « Ici Babette Trudel. Mon numéro est le... »

— Mais qu'est-ce que tu fais ? dit son père en lui arrachant le combiné avant de raccrocher.

— Papa! C'était pour un travail!

— Avec qui?

— Le message sur le répondeur disait de laisser son nom et son numéro de téléphone.

— Quel est le nom de l'entreprise?

— On ne le mentionne pas. Mais qu'est-ce que ça peut faire? C'est un travail d'été. Où veux-tu en venir?

— Excuse-moi, ma chérie, je suis un peu nerveux. Écoute, Babette, tu prends des risques en laissant ton nom et ton numéro de téléphone sur un répondeur. Surtout en ce moment. Ce paysagiste pourrait bien être le tueur. S'il connaît ton numéro de téléphone, il peut te retrouver. Dans la situation actuelle, pourquoi ne viendrais-tu pas travailler à la pharmacie? Je saurais au moins où tu es.

Son père était si anxieux. Il la traitait comme une petite fille. Et puis, les trois victimes étaient très belles. De telles choses n'arrivent jamais aux personnes ordinaires, comme elle.

— Comment arriverai-je à travailler si je ne peux pas laisser mon nom?

Son père jeta un coup d'œil au journal.

— Essaie l'autre numéro que tu as encerclé.

Elle n'avait pas grand espoir, mais elle le composa tout de même. Une femme lui répondit.

— Bonjour, ici Babette Trudel. Je vous téléphone à propos de votre annonce. Je suppose que la place est déjà prise?

La femme se mit à rire.

— Justement non, elle ne l'est pas. Quel âge avez-vous ?

— Seize ans.

— Aimez-vous les enfants ?

Garder des enfants n'avait jamais ennuyé Babette. Et elle s'était toujours amusée avec ses deux petites cousines.

— Oh oui ! Et j'ai aussi suivi le cours de la Croix-Rouge.

— J'aurais besoin de vous de huit heures à midi, du lundi au vendredi. Camille, ma fille, va à la garderie deux jours par semaine. Ces jours-là, vous serez chargée de faire du classement. J'ai de nombreux livres que je veux classer selon le système décimal de Dewey. Vous devrez travailler à la bibliothèque. Accepteriez-vous de le faire ?

— Bien sûr.

Elle aimait les bibliothèques depuis que sa mère avait commencé à l'amener à l'heure du conte. Elle n'avait alors que trois ans. La femme rit de nouveau.

— Si vous saviez combien de personnes ont refusé de faire ce travail ! Vous seriez étonnée ! Bien. Pourquoi ne pas venir demain nous rencontrer, Camille et moi ? Nous pourrions discuter un peu plus. Vers midi ? Je joue au tennis à quatorze heures.

— D'accord.

— Je m'appelle Christelle Cameron. Nous habitons au Vallon. Savez-vous comment vous rendre ici ?

Si elle le savait ! Le Vallon était la banlieue la

plus huppée de Saint-Clément. De grandes propriétés retirées y avaient été construites pour les fermiers et les bûcherons qui avaient fait fortune à l'époque où la ville avait été fondée.

Après avoir noté la route à suivre jusqu'à la maison des Cameron, Babette raccrocha. Au même moment, la porte arrière s'ouvrit et sa mère fit irruption dans la cuisine en short, débardeur et chaussures de course. Son visage était luisant de sueur. Un grand chien au poil de couleur cuivre, la langue pendante et haletant, trottait derrière elle. Il alla tout droit poser sa tête sur les genoux de Babette.

— Salut, Touffu! dit-elle en le serrant contre elle.

Elle l'avait reçu en cadeau à son neuvième anniversaire. Babette lui avait donné le trop-plein d'amour qu'elle avait emmagasiné depuis l'âge de cinq ans, période où elle avait commencé à supplier ses parents de lui donner une petite sœur.

Sa mère remplit un bol d'eau pour Touffu qui se désaltéra à grand bruit. Elle essuya son visage dans une serviette avant de se verser un verre d'eau.

— Il fait si chaud! Je devrais sortir plus tôt ces jours-ci, dit-elle après avoir bu son eau. Puis, jetant un coup d'œil au journal sur la table : Alors? Comment va la recherche d'emploi?

— Je vais passer une entrevue au Vallon. On m'offre sept dollars de l'heure comme gardienne d'enfant.

Sa mère haussa les sourcils.

— Ces personnes ont manifestement plein d'argent à dépenser. De qui s'agit-il?

— Des Cameron.

— Claude Cameron? lui demanda son père. Il est membre du club Rotary. Nous avons discuté de planification financière il y a quelque temps.

— Ils sont installés dans la région depuis environ cinq ans. Ils ont un cabinet financier dans la Grande Tour, ajouta sa mère.

Enseignante au niveau secondaire et conseillère municipale, la mère de Babette connaissait presque tous les citoyens et était au courant des moindres événements. Comme tout le monde, Babette connaissait cette tour. Construite deux ans plus tôt, elle était immédiatement devenue un point d'intérêt. Dix étages surplombant la ville, entrée principale en marbre et cour dotée de fontaines et de jardins qui fleurissaient même en hiver. Seules les entreprises les plus importantes, comme l'Institution d'épargne et de crédit de Saint-Clément, avaient des bureaux dans la Grande Tour.

— En quoi consiste le travail des conseillers financiers? demanda Babette.

— Ils vendent des polices d'assurance, surveillent les investissements des gens et des entreprises et les aident à acheter des actions et des obligations, expliqua son père en haussant les épaules.

— Fais-tu affaire avec l'un d'eux?

— Non! Je ne fais pas partie de leur ligue.

Seules les personnes très riches ont besoin de tels services. Des gens qui possèdent des dizaines de milliers de dollars. Les Cameron prélèvent un pourcentage sur l'argent qu'ils placent. Leur cabinet a beaucoup prospéré depuis leur arrivée.

— Te voilà sur le point de monter dans l'échelle sociale, fit remarquer sa mère en souriant.

— Je ne suis même pas encore embauchée ! Mais maintenant, je m'inquiète. Comment devrais-je m'habiller pour mon entrevue ?

— J'ai rencontré madame Cameron à une réunion du conseil. Elle a entre vingt-cinq et trente ans et m'a paru plutôt facile à vivre. Habille-toi comme si tu allais à l'école.

— Sans oublier le plus important : ma boucle d'oreille porte-bonheur !

— Bien sûr ! acquiesça sa mère.

Chapitre 2

Babette enfila un t-shirt mauve et une jupe blanche, brossa ses cheveux puis décida de les rassembler en une seule tresse. Elle aurait ainsi l'air plus sérieux. Elle souhaita pour la millième fois avoir des cheveux plus foncés ou plus clairs. Les siens étaient d'une couleur vague, blondasses.

« Beurk ! pensa-t-elle. Quel nom horrible pour une couleur détestable ! »

Elle passa son anneau porte-bonheur à une oreille, deux minuscules poissons en argent à l'autre, puis laça ses espadrilles. Tandis qu'elle se dirigeait vers la cuisine, elle s'arrêta près du téléphone. Elle mourait d'envie d'appeler Nina et Kariane pour leur parler de cet emploi. Et si elle ne l'obtenait pas ? Elle aurait l'air d'une idiote.

En partant, elle salua sa mère occupée à désherber l'immense potager à l'arrière de la maison. Touffu la suivit jusqu'au garage.

Au moment où elle en ouvrait la porte, une camionnette rouge terne à l'aile gauche enfoncée s'arrêta devant la maison : l'arrière du véhicule était rempli de piles de journaux. Un homme affublé d'un long manteau noir en sortit et s'avança d'un pas traînant dans l'allée. Ses cheveux clairs s'échappaient d'une casquette bleu marine et tombaient en désordre sur ses épaules. Un bon rasage ne lui aurait pas fait de mal. Touffu bondit à sa rencontre en remuant la queue.

— Salut vieux, dit l'homme en s'accroupissant pour caresser le chien.

Babette regarda autour d'elle et vit des sacs remplis de journaux et de canettes en aluminium dans un coin du garage. Son père avait oublié de les sortir en partant travailler.

— Bonjour, Moineau !

— 'Jour, mamzelle.

Il la salua d'un petit geste de la main et son sourire dévoila ses dents blanches et parfaites.

Moineau parlait rarement. Les gens savaient peu de choses sur lui, sinon qu'il était un ancien soldat. La mère de Babette partageait depuis des années les légumes du potager avec lui et, de temps à autre, il bavardait avec elle. Il lui avait dit venir de la métropole où son père avait un cabinet de dentiste.

Souriant de nouveau à Babette, il souleva deux sacs de journaux et s'éloigna, Touffu sur les talons.

Les yeux toujours posés sur Moineau, Babette se demanda encore une fois pour quelle raison il portait toujours ce long manteau et cette casquette. Il devait cuire par une journée aussi chaude.

Touffu revint vers elle et s'assit près de la voiture en lui jetant un regard suppliant.

— Oh! Touffu! fit-elle en le grattant derrière les oreilles.

Il adorait les promenades en voiture et elle était toujours triste de l'abandonner.

— Désolée, vieux, mais il fait trop chaud pour m'attendre dans la voiture. On ira au parc dès mon retour.

Babette lui donna un biscuit pour chien. Elle en gardait un sac sur une étagère du garage spécialement pour ces jours où elle ne pouvait l'emmener avec elle. Touffu, le biscuit dans la gueule et la queue entre les pattes, repartit vers la cuisine.

— Je vais reculer, cria Babette à Moineau, qui rangeait les sacs dans sa camionnette. Attendez un instant avant de prendre le reste.

Il attendit sur le trottoir pendant qu'elle faisait reculer la voiture jusqu'à la rue. Babette lui fit un signe de la main, conduisit jusqu'au coin puis tourna à gauche dans la 2e Rue. Le Vallon était à cinq kilomètres au nord de Saint-Clément. Après le terrain de golf, la route s'incurvait. Babette passa devant un grand pavillon puis emprunta une route étroite bordée d'arbres à feuilles persistantes et d'énormes rhododendrons. Seules les boîtes à lettres et les entrées privées laissaient deviner que des maisons se cachaient derrière toute cette végétation.

Babette compta les entrées et emprunta la cinquième, comme le lui avait dit madame Cameron. Après avoir dépassé un terrain de tennis, elle arrêta la voiture devant un garage triple flanqué d'une longue promenade en bois et en brique.

«Super! se dit-elle. Je veux cet emploi à tout prix!»

Elle jeta un coup d'œil au rétroviseur, remit en place une mèche de cheveux et humecta ses lèvres.

— Relaxe! murmura-t-elle. Ce n'est qu'une maison. Ce ne sont que des êtres humains. Agis normalement.

Mais est-ce que ça suffira? Elle prit une longue inspiration, puis en prit une seconde.

— À vos marques! Prêts? Partez!

Elle toucha son anneau porte-bonheur puis sortit de la voiture.

La porte d'entrée s'ouvrit dès qu'elle eut frappé. Une petite fille à l'air solennel leva les yeux sur Babette.

— C'est toi ma gardienne? demanda la fillette en zézayant légèrement.

Babette lui sourit. Elle était adorable avec son visage en cœur, ses cheveux dorés et soyeux et ses grands yeux bleus.

— Je l'espère, lui répondit la jeune fille.

Une belle femme aux cheveux châtains s'avança derrière la fillette. Elle portait une jupe, un polo et des chaussures de tennis.

— Bonjour. Vous devez être Babette. Je suis Christelle, et voici Camille, ajouta-t-elle en posant la main sur la tête de l'enfant. Camille, je te présente Babette.

— Bonjour Babette, fit la fillette.

Babette les suivit à l'intérieur de la maison, traversa une petite pièce ensoleillée, une salle à manger et un grand salon avec cheminée. Les tableaux, sculptures et bouquets de fleurs abondaient dans chaque pièce.

— Asseyez-vous, l'invita Christelle en lui désignant un siège de la main. Prendriez-vous une limonade?

«Devrais-je accepter?» se demanda Babette. Sa bouche était si sèche, elle avait besoin de boire quelque chose.

— Avec plaisir, merci.

— Moi aussi, dit Camille en suivant sa mère dans la cuisine, qui jouxtait le salon.

En attendant, Babette regarda par la porte-fenêtre. Une terrasse tout en brique et en béton entourait une grande piscine. Le soleil qui se réfléchissait à la surface de l'eau la fit cligner des yeux.

Christelle lui tendit un grand verre de limonade. La jeune fille en prit une gorgée, avala et sentit le liquide froid et légèrement acide couler dans sa gorge, jusque dans son estomac.

— Aimez-vous nager? lui demanda Christelle.

— J'adore ça! Mes parents m'ont inscrite à un cours de natation lorsque j'avais l'âge de Camille. La proximité de la rivière les inquiétait.

— Camille a commencé à suivre un cours l'année dernière pour des raisons évidentes, expliqua madame Cameron en montrant la piscine. Elle nage bien et elle sait qu'elle ne doit pas s'approcher seule de la piscine. Un accident peut malgré tout arriver. Claude, mon mari, veut embaucher une personne qui soit capable d'agir en cas d'urgence. Et moi aussi, bien sûr.

— J'ai passé mon brevet de sauveteur l'année dernière. Je sais comment réagir en cas de problème. Mais ma peau est trop sensible au soleil pour que je puisse travailler comme surveillante de baignade.

— Je vois ce que vous voulez dire. Pour moi, le soleil est synonyme de taches de rousseur et de peau qui pèle.

Camille se posta devant Babette.

— Mon père nous appelle ses beaux visages pâles, zézaya-t-elle.

— Il a bien raison, acquiesça Babette.

Camille tourna brusquement les talons et sortit de la pièce.

« Ai-je dit quelque chose qu'il ne fallait pas ? se demanda la jeune fille. Je lui déplais peut-être. »

— Cet été, je travaille à mi-temps le lundi, le mercredi et le vendredi, expliqua Christelle qui ne semblait pas avoir remarqué le départ de sa fille. Camille fréquente une garderie le mardi et le jeudi. Elle y allait chaque jour pendant l'année, mais son père considère que les enfants ont besoin de journées bien à eux. Nous avons donc décidé de la garder une partie de la semaine à la maison pendant l'été. Avez-vous une voiture? Vous en aurez besoin certains jours pour vous rendre à la bibliothèque.

Babette ne s'était pas attendue à ça, mais sa mère passait l'été à la maison. Et, au besoin, Babette pourrait toujours déposer son père à la pharmacie et garder sa voiture.

— Pas de problème.

— Bien. Laissez-moi vous montrer cette partie de votre travail.

Elle précéda Babette dans une pièce au bout du couloir. Des bibliothèques s'étendaient sur deux murs. Un bureau était disposé contre le troisième, avec ordinateur et imprimante. Le dernier mur était doté de portes-fenêtres qui s'ouvraient sur la terrasse et la piscine. Les étagères et le plancher étaient couverts de livres empilés ou entassés dans des boîtes.

— Ce sont les livres de référence dont nous nous servons pour notre travail. Nous devons en fournir une liste à la compagnie d'assurances. Vous devrez entrer les titres dans l'ordinateur et, une fois la liste établie, aller à la bibliothèque pour relever le numéro de catalogage de chaque livre. Nous pourrons ensuite les classer en ordre sur les étagères. Les ordinateurs ne vous effraient pas, n'est-ce pas? ajouta-t-elle en regardant Babette droit dans les yeux. Une autre candidate m'a avoué en avoir peur.

— J'ai suivi un cours en informatique.

Camille entra dans la pièce. L'air sérieux, elle tendit à Babette une grande poupée aux cheveux noirs.

— Pétronille veut que tu la prennes dans tes bras.

Lorsque Babette prit la poupée, Camille ajouta:

— On dirait que tu lui plais. Pétronille ne s'entend pas avec tout le monde.

— Quel adorable bébé !

Camille acquiesça d'un signe de tête.

— Il se fait tard, dit Christelle en regardant sa montre. Claude devrait déjà être là. Il tient à vous rencontrer pour donner son accord, bien sûr. Je suis certaine qu'il vous trouvera parfaite, enfin... si vous acceptez cet emploi.

Chapitre 3

«Si j'accepte cet emploi?» se dit Babette en essayant de réprimer un sourire.

— J'adorerais ce travail.

— Qu'en dis-tu, Camille? demanda Christelle.

— Pétronille aime Babette.

— Je n'essaierai certes pas de discuter avec Pétronille! Babette, pourquoi ne pas remplir les formulaires en attendant mon mari?

«Que quelqu'un me pince», se dit Babette en suivant Christelle et Camille vers le salon. Elle tendit une feuille de papier à Christelle.

— Voici une liste des personnes chez qui j'ai travaillé comme gardienne. Vous pouvez les appeler pour vérifier mes références.

— Très bien. Avez-vous un lien de parenté avec Josée Trudel, la conseillère municipale?

— C'est ma mère.

— Je l'ai déjà rencontrée. Elle est charmante.

Christelle sortit un stylo et un formulaire d'un tiroir.

— Tenez, remplissez ça. Vous serez embauchée par notre cabinet. C'est plus simple pour les impôts. Dans la case demandant l'emploi postulé, inscrivez «conseillère».

Conseillère. Ça sonnait mieux que gardienne d'enfant. Et Babette n'avait cure de qui l'embauchait, tant et aussi longtemps qu'elle décrochait le poste. Les mots *Cabinet financier Cameron* étaient inscrits en haut de la feuille. Elle inscrivit son nom, son adresse et son numéro d'assurance sociale dans les espaces voulus.

Au moment où elle finissait, une voix d'homme se fit entendre depuis l'entrée.

— C'est mon père, dit Camille.

Babette observa l'homme qui entrait dans la pièce. Belle apparence, taille moyenne et cheveux foncés striés de gris. Vêtu d'un costume-cravate sombre, il semblait avoir près de quarante-cinq ans, l'âge de son père. Christelle se leva.

— Claude, je te présente Babette Trudel. Sa mère, Josée Trudel, siège au conseil municipal. Nous l'avons rencontrée à la réunion l'année dernière. Je viens de dire à Babette que nous l'embauchions. J'espère que tu es d'accord.

Babette remua dans le fauteuil, mal à l'aise sous le regard de monsieur Cameron. Elle avait déjà vu ce regard, au zoo, dans l'œil d'un serpent qui traquait un oisillon.

— Appelez-moi Claude, dit-il de façon si brusque que Babette sursauta.

Il avait une voix profonde, et seules ses lèvres trahissaient son sourire. Ses dents blanches et étincelantes contrastaient avec sa moustache sombre.

— Elle conviendra parfaitement, fit-il en regardant sa femme.

«Convenir parfaitement? pensa Babette. Pour garder une fillette? Quel est son problème? Et pourquoi son regard me donne-t-il la chair de poule?»

Christelle prit le formulaire que Babette avait rempli et y jeta un coup d'œil.

— Bien. Nous vous verrons lundi matin.

«Ce travail me plaisait mieux avant d'avoir rencontré cet homme, se dit Babette. J'espère qu'il ne passe pas trop de temps chez lui.»

— Tu viens avec nous? demanda Camille en prenant la main de Babette.

— Pas aujourd'hui. J'ai promis à mon chien de l'emmener au parc.

— Tu as un chien? Est-ce qu'il mord?

Babette se mit à rire. Elle allait aimer travailler ici, malgré Claude Cameron.

— Touffu ne mord que sa gamelle.

— Pourquoi l'appelles-tu Touffu?

— Le jour de mon neuvième anniversaire, j'ai reçu une grosse boîte en cadeau. J'y ai trouvé un petit chiot semblable à une touffe de poils. J'ai décidé de l'appeler Touffu.

— Tu m'emmèneras au parc, un jour? Avec Touffu?

— Si ta maman est d'accord.

— Je le serai certainement, dit Christelle en regardant sa montre. Nous ferions mieux d'y aller. Va chercher ma raquette, Camille chérie. Pendant ce temps, je raccompagne Babette jusqu'à la porte.

— Au revoir, Babette, lança Camille avant de sortir de la pièce en courant.

— Nous passerons tout en revue lundi matin, dit Christelle, sur le pas de la porte.

Babette eut l'impression de flotter jusqu'à la voiture. Une fois derrière le volant, elle s'examina dans le rétroviseur. Une mèche de cheveux s'était encore échappée de sa tresse, mais c'était sans importance. Elle toucha son anneau porte-bonheur.

— Le tour est joué! Puis, le touchant de nouveau : Écarte-le seulement de la maison quand j'y serai, murmura-t-elle.

Elle fit faire demi-tour à la voiture et se dirigea vers la ville. Elle passerait à la boutique *Fascination*, ce magasin de vêtements mode où travaillait Nina. Elle lui raconterait son entrevue.

Babette emprunta la 2e Rue, dépassa la bifurcation qui menait chez elle et continua vers le centre de Saint-Clément.

Elle tourna à droite dans la rue B et arrêta la voiture devant la boutique *Fascination*. Une peinture moderne remplie de tourbillons orange et roses était accrochée dans la vitrine. Des fleurs et des vêtements d'été aux teintes similaires étaient disposés tout autour. Jetant un coup d'œil à travers la vitrine, Babette aperçut Nina. Grande, chevelure noire, splendide. Comme elle s'occupait d'une cliente, Babette attendit dans la voiture. Le salaire de Nina était en partie composé de commissions. Babette ne tenait pas à lui faire rater une vente.

En regardant son amie, Babette se rappela leur première rencontre, à la maternelle. Elle n'avait encore jamais vu de tels cheveux noirs ni de tels yeux bridés. Elle avait été si fascinée qu'elle avait couvert sa tête d'une feuille de papier noir dès son retour à la maison. Elle s'était ensuite promenée en étirant le coin de ses yeux. Lorsque sa mère lui avait demandé à quoi elle jouait, elle lui avait expliqué qu'elle étirait ses yeux pour ressembler à Nina.

Sa mère l'avait alors emmenée à la bibliothèque où elle lui avait montré des livres remplis d'images de personnes de différentes couleurs et dotées d'un visage et d'yeux de formes diverses. Babette avait alors entendu la terrible nouvelle : les enfants ressemblent à leurs parents. Nina avait les yeux bridés et les cheveux noirs, tout comme sa mère et son père. Babette n'aurait jamais de tels yeux.

La cliente de Nina sortit de la boutique, un grand sac à la main. Babette s'empressa d'y entrer. Nina rangeait des robes sur le mur du fond de la petite boutique. Elle portait une veste et une jupe rose vif identiques à celles exposées en vitrine. Sonia Martin, la propriétaire, lui demandait de porter les vêtements de la collection pendant qu'elle travaillait.

Babette se fraya un passage à travers les rangées de chemisiers, de vestes et de pantalons. La plupart de ces articles, elle le savait, coûtaient plus que ce qu'elle toucherait en une semaine.

— Salut, Babette ! Tu as l'air en forme, dit Nina. Quoi de neuf ?

— Je viens de décrocher un emploi !

Lorsque Babette lui eut dévoilé son salaire, Nina ne put retenir un petit cri.

— Comme gardienne d'enfant ! C'est super !

— Non, je suis conseillère !

Nina laissa fuser un rire bas et profond.

— Je connais Christelle Cameron. Elle vient souvent ici. Camille aussi. C'est une fillette adorable. Sérieuse, comme un petit hibou. Un jour, j'ai réussi à la faire sourire. Mais tu devrais savoir que...

Nina hésita.

— Non, je ne devrais peut-être pas t'en parler.

— De quoi ?

Nina était de tempérament inquiet. Elle savait cependant analyser ce qui se passait autour d'elle. Peut-être savait-elle quelque chose à propos de Claude Cameron.

Nina tourna les yeux vers une porte indiquant «Employés».

— Sonia prend une pause, dit-elle en baissant la voix. Elle ne serait pas d'accord que je te raconte ça. Tu dois me promettre de garder le secret.

Babette accepta d'un hochement de tête. Après

une telle entrée en matière, elle promettrait n'importe quoi pour entendre ce que Nina avait à lui dire.

— Christelle vient ici chaque mois, continua Nina. Elle achète pour deux à trois cents dollars de vêtements. Parfois, lorsqu'elle part, je remarque qu'il manque un article — un collier ou un foulard. Ce sont toujours de petits articles. Des choses qu'elle aurait les moyens d'acheter.

— Tu veux dire qu'elle les vole ?

Ce comportement ne correspondait pas du tout à la femme qu'elle avait rencontrée le matin même.

— Elle semble plutôt sympathique, ajouta Babette en décrochant une robe turquoise d'un portant.

— Si ça ne s'était produit qu'une fois, j'aurais pensé m'être trompée. Mais c'est arrivé à plusieurs reprises. Et la semaine dernière, j'ai été certaine que c'était elle.

— Pourquoi ?

Babette tenait la robe devant elle et se regardait dans un miroir.

— On venait de recevoir des boucles d'oreilles, je venais d'en poser cinq paires sur le comptoir. Christelle était notre première cliente. Elle a acheté tout un tas de vêtements. Lorsque j'ai voulu disposer les boucles d'oreilles, j'ai remarqué qu'une paire avait disparu. J'ai pensé qu'elle avait pu la prendre et avait oublié de me le dire. Ce sont des choses qui arrivent. Lorsque je lui ai demandé si

31

elle prenait les boucles, elle m'a dit non. Elle a ajouté que, si elle achetait encore autre chose, son mari ferait annuler sa carte de crédit. Sa réponse m'a persuadée qu'elle nous volait.

Nina secoua la tête. Babette, déçue, avait du mal à croire que Christelle Cameron pu être malhonnête et voleuse de surcroît. Mais Nina n'avait pas la moindre raison d'inventer une histoire pareille.

— Son mari est assez effrayant. Il m'a donné l'impression de prendre toutes les décisions. Sa femme ne pouvait même pas m'embaucher sans son accord. Pourquoi Sonia ne fait-elle rien?

— Elle prétend que Christelle est une trop bonne cliente. Un article de vingt ou trente dollars n'est rien en comparaison de ce qu'elle achète. Je ne suis pas d'accord avec elle. Personne ne devrait voler. Mais c'est sa boutique.

Nina fronça les sourcils. Son regard croisa celui de Babette dans le miroir.

— J'espère qu'ils vont te payer!

— Ne t'inquiète pas. Je suis embauchée par le cabinet financier.

Elle se tourna et déploya le bas de la robe.

— Qu'en penses-tu?

— Si tu économises ton salaire pendant tout l'été, tu pourras peut-être te l'offrir, répondit Nina en riant.

Au même moment, Sonia sortit du bureau.

— Bonjour, Babette, dit-elle.

Sonia portait une salopette bleu marine qui la

faisait paraître encore plus grande que son mètre quatre-vingts. Ses cheveux, lisses et d'un blond brillant, étaient coupés à la hauteur du menton. Elle avait déjà travaillé comme mannequin, et les murs de la boutique étaient couverts de photos d'elle tirées de magazines de mode. Lorsqu'elle était devenue trop vieille pour ce genre de travail, elle était revenue à Saint-Clément, sa ville natale, et avait ouvert la boutique *Fascination*.

— Babette vient de se faire embaucher pour garder Camille Cameron, lui annonça Nina.

— Cette petite est si mignonne. Elle observe tout, comme si chaque chose allait lui dévoiler les secrets de l'univers.

Nina et Babette suivirent Sonia vers l'entrée de la boutique. Nina s'arrêta près du présentoir à bijoux pour y remettre en place un collier de perles dorées. Puis, s'adressant à Babette, elle ajouta:

— Kariane a téléphoné. Elle nous propose d'aller au cinéma, ce soir. Avec la Bande des quatre, bien sûr.

La Bande des quatre désignait quatre gars inséparables qui souhaitaient tous sortir avec Kariane. Ils la suivaient partout, en meute, de sorte qu'aucun ne puisse avoir plus de chance que les autres.

Nina poursuivit:

— La Bande des quatre va nous escorter. Ils continueront de surveiller Kariane tant et aussi longtemps que le tueur à la rose ne sera pas démasqué. Tu savais qu'il a attaqué une autre fille?

33

Babette hocha la tête.

— Elle était ici mercredi, ajouta Nina, avec sa mère. Elle souhaitait devenir mannequin, et Sonia lui a longuement parlé de la profession. Je me tenais juste ici et je bavardais avec elle. Et maintenant, elle est morte.

— Je sais ce que tu ressens, fit Babette en la serrant contre elle.

Sonia enchaîna :

— Je pourrais vous raconter des tas d'histoires. Je me souviens...

Babette s'avança vers la porte. Pour Sonia, les défilés de mode étaient tout ce qui importait vraiment. Elle ressassait ses souvenirs dès qu'elle le pouvait. Babette était souvent venue l'écouter parler des grandes cités et de la vie trépidante qu'elle y avait menée. Mais au bout d'un certain temps, toutes ses histoires se ressemblaient.

— Désolée, je dois partir, annonça Babette. Je vais appeler Kariane et tout organiser !

Elle fit un petit salut de la main et sortit du magasin. Lorsqu'elle arriva dans l'entrée du garage, Touffu se précipita vers elle, sa laisse dans la gueule. Babette regarda sa montre. Quinze heures. Elle avait le temps. Et puis, elle lui avait promis. Elle tendit le bras, ouvrit la portière arrière, et Touffu bondit dans la voiture.

Chapitre 4

Babette se dirigea vers un petit parc situé à deux coins de rue de là. Elle sortit une veille balle de tennis de la boîte à gants, puis attacha la laisse au collier de Touffu. Ils suivirent un sentier de brique jusqu'au centre du parc où des arbres et des bancs entouraient une fontaine. L'eau était recueillie tout autour dans un bassin. Une aire de jeu, sur la gauche, comprenait un portique d'escalade, des balançoires et une glissoire. Plusieurs jeunes enfants y jouaient pendant que les mamans, certaines berçant des bébés, bavardaient autour de la fontaine.

Babette entraîna Touffu sur la droite, jusqu'à une vaste pelouse. Elle détacha la laisse et lui lança la balle. Le chien partit comme une fusée pour l'attraper. Ils jouaient ainsi depuis une vingtaine de minutes lorsqu'elle entendit un enfant crier « Moineau ! ».

Elle regarda vers la fontaine. Moineau, qui portait toujours son long manteau noir et sa casquette, était assis sur l'un des bancs. Trois enfants vinrent le rejoindre.

Moineau s'était installé à Saint-Clément avant la naissance de Babette. Il s'était construit une espèce de cabane en gros carton et contreplaqué sous le pont ferroviaire qui traversait la rivière au niveau de la 3e Rue. Les policiers le laissaient tranquille ; il ne dérangeait personne. Trois ans plus tôt, lorsque la rivière était sortie de son lit et avait emporté son abri de fortune, les habitants de Saint-Clément lui avait construit une petite maison en bois.

Il gagnait sa vie en faisant la collecte de déchets recyclables pour la ville. Son parcours couvrait chaque jour plusieurs secteurs. Il utilisait une partie de son argent pour nourrir les oiseaux du parc.

Il tendit un sac de graines aux trois enfants. Chacun d'eux en prit une poignée avant de les disperser autour de la fontaine.

Babette appela Touffu et ils se dirigèrent vers les bancs. De petits oiseaux voletaient depuis les arbres et venaient picorer aux pieds de Moineau. Un oiseau vint se percher sur sa main pleine de graines et se mit à manger.

Babette se tenait derrière un banc, se rappelant qu'elle aussi avait distribué aux oiseaux les graines que lui donnait Moineau. Un jour, alors qu'elle et Nina avaient environ six ans, il les avait laissées s'asseoir près de lui et avait versé des graines au creux de leurs mains. Un pinson était immédiatement venu se percher sur le poignet de Nina. Aucun oiseau n'était venu sur Babette.

— 'Jour, mamzelle, dit Moineau en lui tendant le sac de graines.

Babette refusa d'un signe de tête. Elle aurait aimé qu'un oiseau mange dans sa main, mais elle craignait qu'aucun ne vienne. Ce serait trop embarrassant devant tout ce monde.

Elle et Touffu quittèrent le parc et rentrèrent à la maison. Dans la cuisine, sa mère qui râpait du chou pour une salade, questionna :

— Comment s'est passée ton entrevue ?

— Je suis embauchée !

— Bravo !

— J'aurai besoin de la voiture certains matins. J'espère que ça ne te dérange pas.

— Nous allons trouver un moyen. Parle-moi de Christelle Cameron.

— Elle est gentille, mais...

« Nina m'a demandé de ne rien dire, pensa Babette. Mais à maman, c'est différent. Elle pourra peut-être me conseiller. »

— ... je suis passée voir Nina à la boutique *Fascination*. Elle m'a raconté une histoire assez étrange. Mais je lui ai promis de garder le secret, alors...

Sa mère posa la râpe.

— Ça ne sortira pas d'ici.

— D'accord. J'aimerais savoir ce que tu en penses.

— Très étrange, dit sa mère après avoir entendu l'histoire du vol. Les personnes qui agissent de cette façon le font parfois pour demander de l'aide. Elle a peut-être l'impression de ne plus contrôler une partie de sa vie.

— Ç'a sans doute quelque chose à voir avec son mari. Il est plutôt effrayant.

Sa mère garda le silence un moment.

— Je l'avais presque oublié, mais le soir où ils sont venus assister à la réunion du conseil, ils ont présenté un programme financier visant à investir l'argent de la ville. Après leur départ, l'un des conseillers a déclaré que leur offre frisait l'illégalité.

— Qu'est-ce que ça signifie ?

— Selon ce qu'il a expliqué, nous allions miser l'argent de la ville. Si nous avions affaire à des personnes peu dignes de confiance, nous risquions de perdre la totalité de l'argent à leur profit. Il est heureux que ce conseiller ait flairé le danger, car nous étions tous intéressés par l'offre de monsieur Cameron.

— Devrais-je leur faire confiance ? Crois-tu qu'ils vont me payer ?

Sa mère reprit la râpe.

— S'ils ne te payaient pas, tu pourrais toujours les quitter.

— Et entre-temps, je peux passer mes matinées étendue au bord de la piscine !...

Le téléphone se mit à sonner.

— C'est sans doute Kariane ! Je peux aller au

cinéma, ce soir?

— Seulement si vous restez ensemble. Les rues ne sont plus sûres.

— Salut, Kariane! fit Babette en décrochant le téléphone.

— Comment savais-tu que c'était moi?

— J'ai déjà parlé à Nina et à tous mes admirateurs.

— Admirateurs?

Babette imagina les yeux bleus de Kariane en train de s'écarquiller.

— Réfléchis!

— Ça y est! J'ai compris! «Tous tes admirateurs» veut dire «pas le moindre admirateur».

— Tu n'étais pas obligée de présenter les choses de cette façon!

— Oh, Babette! Tu pourrais sortir avec une foule de garçons. Tu dois simplement te détendre un peu. Ils s'imaginent tous qu'ils ne t'intéressent pas.

Kariane et Nina le lui avaient dit à maintes reprises. Mais se détendre était beaucoup plus facile à dire qu'à faire. De plus, Babette ne cherchait pas à sortir avec une foule de garçons. Mais uniquement avec Maxime Simoneau. Le seul fait de penser à lui la faisait rougir. Elle n'avait jamais fait part de ses sentiments à Nina ni à Kariane. Si elle le faisait, Maxime risquait de l'apprendre. Il choisirait alors de l'ignorer et elle serait certaine de ne jamais sortir avec lui. En gardant son secret, elle pouvait au moins rêver.

— J'ai déniché un emploi ! claironna Babette.

Kariane poussa un grand soupir.

— D'accord, change de sujet. Je cherchais simplement à t'aider.

Babette rit à son tour. Elle imaginait Kariane, les lèvres pincées au point de faire ressortir ses fossettes. Avec ses boucles blondes et ses grands yeux, elle ressemblait à la poupée préférée de Babette, lorsque celle-ci était petite. Toute menue, Kariane mesurait à peine un mètre cinquante. Elle avait su tirer parti de sa taille. Cette année, elle s'était classée troisième au championnat national de gymnastique.

— Je vais travailler au Vallon, comme gardienne d'enfant chez les Cameron. Le salaire est super !

— Ils habitent près de chez ma grand-mère. J'irai peut-être te rendre visite un de ces jours.

— Je leur demanderai s'ils sont d'accord. On pourrait s'étendre au bord de leur piscine.

— Est-ce que Nina t'a parlé de notre sortie au cinéma, ce soir ? Ma sœur aimerait venir, elle aussi, et la Bande des quatre insiste pour nous accompagner. À cause de ce tueur, tu sais ? Stéphane et Bastien iront vous chercher, toi et Nina, pendant que Laurent et Julien passeront nous prendre, Léa et moi. Ils m'ont dit qu'ils seraient chez toi vers dix-neuf heures. Ils te raccompagneront aussi, bien sûr. Mais on ira peut-être faire un tour au café *Viking* avant de rentrer.

— Tout ça me semble parfait.

Après le film, la petite bande se dirigea vers la sortie du cinéma. Babette s'arrêta brusquement.

— J'ai oublié mon chandail, dit-elle.

— Je t'attends, lui proposa Nina.

— Non, va avec les autres. Je vous rattraperai.

Babette se précipita dans la salle faiblement éclairée. Elle retrouva son chandail et se fraya un chemin à coups de coude à travers la foule qui encombrait encore l'entrée du cinéma. Une fois dehors, elle respira profondément l'air frais de la nuit. Nina, Kariane, Léa et la Bande des quatre avaient déjà disparu dans le café *Viking*, deux coins de rue plus bas. L'enseigne bleu et or scintillait au-dessus du trottoir, véritable phare dans la rue sombre. Elle s'éloigna de l'entrée vivement éclairée du cinéma et marcha vers le café.

Les boutiques de part et d'autre de la rue étaient fermées et obscures. La seule source de lumière provenait des lampadaires largement espacés. Lorsqu'elle atteignit le premier coin de rue, Babette se retrouva seule. Était-ce dans ce genre d'endroit que le tueur à la rose avait attaqué les jeunes filles ? Dans une rue calme et déserte, faiblement éclairée ? Avait-il surgi de l'entrée d'une boutique ? Ou s'était-il approché par-derrière sans faire de bruit ?

Elle entendit un bruit de pas derrière elle. Elle marcha plus vite. Les pas accélérèrent. Elle porta la main à sa gorge et ploya les épaules.

Elle pensa au tueur à la rose.

Chapitre 5

Une main agrippa le bras de Babette. Elle poussa un cri. La main la lâcha.

Elle se retourna et eut soudain le souffle coupé. Maxime Simoneau se tenait là, devant elle. Elle sentit alors son visage rougir. Elle entendait encore son cri stupide. Maxime l'avait sans doute prise pour une cinglée.

— Je ne voulais pas t'effrayer, dit-il rapidement.

Dieu merci, il regardait le trottoir et non le visage cramoisi de Babette.

— Oh non ! Tu ne m'as pas fait peur.

Elle sentait un picotement là où Maxime avait posé sa main. Elle souhaitait maintenant qu'il ne l'eut pas lâchée.

— Lorsque je suis sorti du cinéma, je t'ai vue seule. Je croyais que tu rentrais chez toi. J'ai lu les articles sur le tueur à la rose et sur son attirance pour les belles filles.

Babette sentit son cœur cogner dans sa poitrine. Était-il en train de dire qu'il la trouvait jolie ?

« Sois réaliste, Babette, se dit-elle. Des cheveux blondasses et des yeux vert-bleu-gris ne sont pas vraiment des atouts. »

— Je vais au café *Viking*, mais j'avais oublié mon chandail. Les autres m'ont précédée.

Maxime l'observait. Lorsque le regard de Babette croisa le sien, elle se sentit suffoquer. Il lui sourit, et ses genoux se mirent à trembler.

— J'allais moi aussi au café.

Babette toucha son anneau porte-bonheur. « C'est mon jour de chance, pensa-t-elle. Allons, Babette, détends-toi et dis-lui quelque chose dont il se souviendra toute sa vie. »

Au même instant, Nina ouvrit la porte du café.

— Salut, Max ! fit-elle en levant la main. Babette ! Je commençais à m'inquiéter.

Babette allongea le pas. Elle se sentait à la fois soulagée de ne pas avoir à parler à Maxime et déçue d'avoir raté une si belle occasion. Lui non plus n'avait rien dit. Il devait être soulagé de se débarrasser d'elle.

Une fois à l'intérieur, Babette alla rejoindre ses amis au centre du café. Ils avaient abouté deux tables. La Bande des quatre s'était installée d'un côté. Babette les connaissait depuis sa plus tendre enfance. Ils étaient différents les uns des autres mais, lorsqu'ils suivaient Kariane en meute, ils semblaient dotés d'un seul et même cerveau.

Les filles s'étaient assises en face d'eux et Babette s'installa entre Kariane et Léa. Nina offrit à Max de se joindre à eux, mais celui-ci refusa d'un signe de tête. Il salua Babette d'un petit signe de la main, puis partit rejoindre deux de ses amis assis plus loin.

Les murs du café *Viking*, lieu de rendez-vous des étudiants, étaient couverts d'affiches montrant des athlètes vêtus de l'uniforme bleu et or des Vikings de Saint-Clément.

Une serveuse déposa des hamburgers doubles au fromage, des frites, des rondelles d'oignon et des laits frappés devant chaque membre de la Bande, puis alla chercher les *Cokes* et les frites que les filles avaient demandés.

— On a commandé pour toi, dit Nina à Babette.

La jeune fille reporta enfin son attention sur le petit groupe d'amis. Jusque-là elle n'avait cessé de regarder dans la direction de Maxime. Ce dernier n'était arrivé à Saint-Clément que l'automne dernier. Au printemps, tous deux avait participé au championnat d'athlétisme et elle n'avait manqué aucune de ses courses. Il était le plus souvent resté seul dans son coin, même pendant le *party-pizza* qui avait suivi les épreuves.

— Je suis contente que Max t'ait accompagnée, poursuivit Nina. Je n'aurais pas dû te laisser seule.

— C'est vrai, fit Stéphane. Tant que ce tueur à la rose n'aura pas été attrapé, vous devez toutes être très prudentes.

— Les policiers sont venus parler à ma mère aujourd'hui, enchaîna Bastien. Elle confectionne

44

des fleurs en soie, et ils voulaient vérifier ses commandes.

— Ont-ils trouvé quelque chose? lui demanda Kariane.

— Non. J'ai consulté le cahier des commandes. Le club Rotary a acheté un grand nombre de roses pour la soirée de la Saint-Valentin organisée l'hiver dernier.

— Mes parents y sont allés, renchérit Kariane.

— Les miens aussi, ajouta Babette. La moitié des adultes de Saint-Clément y était sans doute.

— La boutique *Fascination* en commande beaucoup, continua Bastien.

— Oui, Sonia change chaque mois les couleurs en vitrine, expliqua Nina.

— Et l'hôpital offre une rose à chaque femme qui vient d'accoucher. Ma mère a aussi d'autres commandes, pour les restaurants et certains bureaux.

— Le tueur laisse des roses de quelle couleur? demanda Laurent.

— Ils ne l'ont pas dit à ma mère, mais je suppose qu'elles sont rouges.

Babette imagina la jeune fille qu'elle avait vue dans le journal, étendue, immobile, les yeux ouverts et une rose rouge sur son corps, semblable à une tache de sang. Elle eut soudain la chair de poule. Que lui serait-il arrivé si un autre que Max l'avait rejointe dans la rue?

— Les policiers ont-ils dit autre chose? interrogea Nina.

— Ma mère a souligné que le tueur semblait attiré par les belles et grandes jeunes filles, ce que les policiers ont confirmé. Léa et toi devriez être très prudentes.

Babette jeta un coup d'œil à Léa. Kariane et elle avaient été adoptées. Elles avaient toutes les deux les cheveux blonds et les yeux bleus, mais Léa était plus grande que sa sœur. Très belle, aussi. Bien qu'ayant un an de plus que Kariane, Léa se joignait souvent à sa sœur et à ses amies. Babette l'aimait beaucoup ; elle était enjouée et avait un excellent sens de l'humour. Elle travaillait comme vendeuse et comme mannequin au grand magasin de la petite ville.

— Arrête, Bastien. Tu fais peur à ma sœur, lui dit Kariane.

Bastien baissa les yeux sur son assiette vide. Ses copains lui envoyèrent des sourires narquois.

— Mais je ne t'en veux pas, continua Kariane. Je ne tiens pas à ce qu'il lui arrive un malheur.

Bastien eut un grand sourire satisfait.

— Mais Léa ne se laisse pas marcher sur les pieds, ajouta Kariane en riant. Raconte-leur ce que tu as fait aujourd'hui à cet idiot, pendant le défilé de mode.

Le rire de Léa fit écho à celui de Kariane.

— Vous savez que je fais, avec Nina, des défilés de mode tous les samedis matins à l'hôtel-restaurant, commença-t-elle. On doit présenter les modèles et circuler entre les tables. On parle aux clients, on leur décrit les vêtements. Aujourd'hui, un homme — dans la trentaine, je crois — assistait au défilé avec sa femme. Chaque fois que je passais près de leur table, il faisait un commentaire, un peu comme s'il flirtait. Il devait se croire irrésistible. Ça arrive assez souvent, n'est-ce pas, Nina ?

— J'aimerais en assommer quelques-uns, acquiesça Nina.

Babette hocha la tête. Nina lui avait raconté plusieurs histoires de ce genre.

— Bref, continua Léa, lorsque je suis de nouveau passée près de leur table, sa femme n'y était pas. Je portais alors un pantalon en lin et un chemisier en soie. Lorsque je suis arrivée près de lui, il a posé sa main sur ma jambe en déclarant qu'il aimait cet ensemble, mais qu'il préférait celle qui le portait.

— Quel imbécile ! dit Kariane. Tu aurais dû lui asséner un coup de karaté, ajouta-t-elle en mimant un coup du plat de la main. Comme ceux que nous avons appris à notre cours.

— J'aurais bien voulu, mais je n'ai pas osé. Je ne tiens pas à perdre cet emploi. Je lui ai simplement dit de laisser tomber. Au lieu de m'écouter, il a commencé à déplacer sa main un peu plus haut. J'ai fait un bond de côté, mais en m'arrangeant pour heurter sa tasse de café. Et le liquide brûlant s'est répandu sur ses genoux. Il a crié que ça le brûlait, alors j'ai versé sur lui un verre d'eau glacée ! Son visage est devenu si rouge que j'ai cru qu'il allait exploser !

Tout le monde riait autour de la table. Babette jeta un coup d'œil vers Maxime. Leurs regards se croisèrent, et il lui sourit. Surprise, elle lui fit un petit sourire bref avant de se retourner. Avait-elle imaginé tout ça? Elle le regarda de nouveau. Ses yeux étaient toujours posés sur elle. Le cœur battant et le visage brûlant, elle prit une grande gorgée de *Coke*.

— Le patron, monsieur Lacroix, lui a apporté une serviette, racontait Léa. Entre-temps, sa femme l'avait rejoint. Elle a aperçu la tasse renversée, le verre vide et elle m'a fait un clin d'œil. Elle savait. Elle m'a remerciée bien fort d'avoir sauvé son mari d'une grave brûlure, puis elle l'a entraîné vers la sortie.

— Mais le plus beau, ajouta Nina en levant les mains, c'est que monsieur Lacroix a félicité Léa pour avoir réagi si rapidement!

— Et si ce client était le tueur à la rose?

Les paroles de Bastien coupèrent net les éclats de rire de ses amis.

— Sa femme m'a dit qu'ils étaient de passage à Saint-Clément pour affaires, dit Léa.

— Mais il était peut-être là lorsque les autres meurtres ont été commis, fit Kariane.

— Mon père pense que le tueur pourrait être quelqu'un qui offre des emplois dans les journaux, dit Babette. Lorsqu'on appelle, il obtient notre adresse et nous attrape.

— Selon ma mère, le tueur pourrait être un policier, ajouta Nina. Les filles ne se méfient pas si un policier s'approche d'elles.

— Et si c'était Moineau? suggéra Léa. Il connaît tout le monde.

— Et il est bizarre, fit Julien. Il ne dit pas un mot et ne quitte jamais ce manteau noir.

— Soyez sérieux, dit Babette. Moineau serait incapable de faire du mal à quelqu'un. Regardez comme il est doux avec les oiseaux.

— Peut-être, mais les oiseaux ne sont pas des êtres humains, insista Julien.

— Je déteste ça, dit Nina, les sourcils froncés. Chaque personne de mon entourage pourrait être coupable.

— Comme moi? plaisanta Stéphane. Ou Julien? Ou Laurent?

— Stéphane! s'exclamèrent en chœur ses copains.

— On ne se méfierait pas de vous, dit Babette.

— C'est vrai, dit lentement Nina. Tout comme Babette n'a pas eu peur de venir ici en compagnie de Maxime.

Ils tournèrent tous les yeux vers le jeune homme.

— Attendez un peu, dit Babette. Maxime n'est pas le tueur à la rose!

— S'il l'était, il t'aurait tuée, lui dit Nina.

— Mais tu es sortie pour voir où était Babette, Nina, ajouta Kariane. Il a peut-être manqué de temps.

— Max a déjà été mon partenaire dans un laboratoire de bio, dit Nina. Il est plutôt tranquille, mais c'est un gars bien.

Babette tourna de nouveau les yeux vers Maxime. Un jeune homme aussi beau pourrait-il être un tueur ? Non ! Elle ne pouvait croire une telle chose. Il avait dit que le tueur à la rose aimait les belles filles, mais il n'avait pas parlé de leur taille. De toute manière, il ne l'aurait pas tuée. Elle n'était pas du tout le type du tueur. Mais Léa et Nina l'étaient, elles. Babette ne voudrait pour rien au monde voir leurs photos à la une des journaux.

Elle observa Nina. La jeune fille pliait sa serviette pour en faire une rose en papier. Babette sentit un frisson remonter le long de sa colonne.

Cette nuit-là, après s'être préparée pour se mettre au lit, Babette s'attarda à regarder par la fenêtre de sa chambre. Quelle journée incroyable elle venait de passer ! D'abord, cet emploi génial. Et les Cameron. Camille, si adorable. Christelle, une voleuse. Claude, si effrayant. Et Maxime Simoneau. Il lui avait parlé, lui avait souri. Elle posa la main sur son bras. Elle sentait encore la chaleur de son contact.

Elle ressentit de nouveau cette peur qu'elle avait éprouvée avant de savoir que c'était lui. Touffu toucha sa jambe en gémissant. Elle lui caressa la tête, le regard perdu dans l'obscurité. Le tueur à la rose était-il dehors, à cet instant, occupé à traquer une proie ? Et pourquoi, alors qu'elle pensait au tueur, le visage de Claude Cameron s'imposait-il à son esprit ?

Chapitre 6

Le dimanche matin, Babette rendit visite à sa grand-mère en compagnie de ses parents. Elle vivait dans une maison de retraite à l'extérieur de Saint-Clément. C'était la mère de son père et elle s'appelait Bernadette. Son autre grand-mère s'appelait Barbara. À sa naissance, ses parents ne sachant lequel de ces deux prénoms lui donner, avaient choisi de les combiner et de la prénommer Babette.

La jeune fille adorait ses deux grands-mères, mais elle trouvait son nom trop commun. Elle avait toujours souhaité avoir un prénom plus inhabituel, comme Nina ou Kariane.

Babette et ses parents emmenèrent sa grand-mère au restaurant. Après le repas, son père proposa une promenade à la montagne, mais la vieille femme se plaignit d'un début de rhume. Ils passèrent donc quelques heures avec elle dans son appartement dans la maison de retraite avant de la quitter.

Babette n'avait cessé de penser à Maxime Simoneau. La veille, chaque fois qu'elle avait jeté un coup d'œil de son côté, son regard était tourné vers leur table. Peut-être était-il sincère en prétendant qu'elle était jolie. Elle aurait dû demander à Nina et à Kariane ce qu'elles en pensaient. Mais elle aurait alors été obligée d'admettre qu'elle l'aimait. Elle ne se sentait pas encore prête à affronter les remarques taquines que ses amies ne manqueraient pas de lui faire.

Le lundi matin, de lourds nuages recouvraient Saint-Clément, le genre de nuages qui disparaîtraient d'ici midi. Après un déjeuner rapide, Babette donna à manger à Touffu, lui fit un gros câlin, puis partit à vélo vers le Vallon. L'air humide et frais était chargé du parfum des conifères et des dernières fleurs printanières.

Camille ouvrit la porte avant même que Babette ait pu sonner. Elle portait une longue robe de chambre et des pantoufles-lapins roses. La fillette restait immobile, un doigt dans la bouche, à regarder Babette. La jeune fille lui sourit.

— Est-ce que je peux entrer ?

Hochant la tête, Camille s'écarta d'un pas. Au même instant, Christelle arriva dans l'entrée.

— Bonjour, Babette. Le café est prêt.

Elle portait un tailleur gris pâle et des escarpins vert menthe. Babette se demanda si le foulard vert qui retenait les cheveux de Christelle était celui qu'elle avait volé à la boutique *Fascination*.

Camille attrapa la main de Babette et l'entraîna vers la cuisine. Un arôme de café fort remplissait la pièce. Babette s'arrêta net. Claude Cameron était assis, une tasse encore fumante devant lui. Il l'observa un moment de son regard de reptile. Babette sentit un frisson parcourir son dos, tandis qu'il prenait une longue gorgée de café.

— Au travail! fit-il.

Il se leva, embrassa Camille, demanda à Christelle de l'accompagner à la porte et sortit de la cuisine. Quelques secondes plus tard, Christelle revenait.

— Camille, va t'habiller, dit-elle.

Une fois Camille sortie, Christelle remplit deux tasses de café. Babette n'appréciait pas particulièrement cette boisson, mais elle fut ravie que Christelle la considère comme une adulte. Pour mieux faire passer ce liquide amer, elle y ajouta trois bonnes cuillerées de sucre. Lorsqu'elle inclina le pichet de crème, le liquide coula plus vite qu'elle n'aurait cru et le tout faillit déborder. Babette prit place sur l'un des tabourets, et Christelle vint la rejoindre.

— Avez-vous eu le temps de parler avec Claude? Je suis sûre que vous l'aimerez.

— Il semble sympathique.

Elle n'avouerait pas à quel point il pouvait l'effrayer.

— Je lui dois tout. Tout ceci, ajouta-t-elle en faisant un grand geste du bras.

— Je croyais que vous travailliez ensemble.

— Ça aussi, je le lui dois. Tout ça remonte à plusieurs années.

Babette regarda sa tasse. Si elle la soulevait, elle risquait de renverser du café ; si elle ne la soulevait pas, Christelle se demanderait pourquoi. Elle souleva donc tout doucement sa tasse.

— Êtes-vous déjà allée à la métropole ?

En faisant non de la tête, Babette renversa un peu de son café. Elle posa sa tasse puis, s'emparant d'une serviette en papier, s'empressa d'essuyer le comptoir.

— J'ai grandi dans un quartier très pauvre de la ville, dit Christelle, qui semblait n'avoir rien remarqué. Mon père a disparu lorsque j'avais l'âge de Camille. Le seul souvenir que j'aie de lui est son odeur d'alcool et ses disputes avec ma mère. J'avais trois frères, dont un plus jeune que moi, et deux sœurs. Ma mère travaillait à deux endroits pour subvenir à nos besoins. Pendant ce temps, ma sœur aînée s'occupait de nous.

Camille fit irruption dans la cuisine. Elle portait un maillot de bain à motifs de petits poissons verts et bleus et un chapeau de paille.

— Camille ! fit sa mère en riant. Il fait encore trop froid pour se baigner.

La fillette jeta un coup d'œil à l'extérieur et s'éclipsa, sans un mot. Pendant que Christelle parlait à Camille, Babette avait réussi à porter la tasse jusqu'à ses lèvres. Elle prit une gorgée de café, appréciant sa saveur crémeuse, et se demanda pour quelle raison Christelle lui racontait tout ça.

— J'ai rencontré Claude à l'âge de seize ans, continua-t-elle.

« Mon âge, se dit Babette. Tout comme je viens de rencontrer Maxime. »

— Ma mère faisait le ménage chez ses parents. Il était courtier, à cette époque. Un jour, ma mère est tombée malade alors qu'elle travaillait chez lui, et Claude l'a raccompagnée à la maison. Elle avait un cancer, mais nous ne le savions pas encore. Claude l'a aidée à entrer. J'avais terriblement honte de notre appartement, mais il ne sembla pas remarquer notre pauvreté. Je le considérais déjà comme l'homme le plus beau et le plus généreux du monde.

« Il ne lui avait sans doute pas lancé le même regard qu'à moi », pensa Babette.

— Ensuite, il est souvent venu nous rendre visite. Il nous apportait toujours de petits présents. Des jouets pour mon frère. Des mets spéciaux pour maman dont l'état empirait. Il m'a même offert une robe pour le bal de fin d'année. Il racontait qu'il avait souffert d'être enfant unique et disait aimer notre famille. Lorsque sa mère est morte brusquement, il est peu à peu devenu l'un des nôtres. Grâce à lui, j'ai pu m'inscrire au collège. Il n'a jamais semblé s'intéresser à moi jusqu'à la remise des diplômes. Ce jour-là, il m'a demandé de l'épouser. Je l'aimais profondément, bien sûr, mais je n'avais jamais imaginé qu'il puisse éprouver les mêmes sentiments à mon égard.

Babette soupira. Exactement comme elle et Maxime. L'aimait-il en silence ? « Mais oui, Babette, se dit-elle. Et tu es Miss Univers ! »

Camille fit de nouveau irruption dans la cuisine, vêtue cette fois d'une combinaison de neige rouge vif.

— Camille ! C'est l'été. Les costumes de neige sont faits pour l'hiver !

— Alors, je ne sais pas comment m'habiller.

Christelle se pencha et serra la fillette contre elle.

— Pourquoi ne pas mettre ton short et ton t-shirt bleus, comme Babette ?

Camille examina la jeune fille et finit par dire :

— D'accord.

Sa mère secoua la tête, les yeux rieurs.

— Vous êtes sûre de vouloir vous en occuper ?

Babette hocha la tête.

— Mon chien a remplacé la petite sœur que j'aurais tant aimé avoir. Elle est adorable.

Christelle haussa les épaules.

— Enfin, vous comprenez maintenant pourquoi je serais prête à tout pour Claude.

Babette se demanda de nouveau pourquoi il était si important qu'elle connaisse de tels détails.

Madame Cameron regarda sa montre.

— Je dois aller au bureau. Demain, je vous expliquerai comment fonctionne l'ordinateur.

Entre-temps, profitez bien toutes les deux des sports d'hiver et de la plage !

— Soyez-en sûre ! Mercredi, j'apporterai peut-être mon pantalon de ski.

Après le départ de Christelle, Babette et Camille jouèrent à la poupée et organisèrent un petit thé à l'intérieur. Lorsque le soleil perça enfin les nuages, Camille entraîna la jeune fille dehors pour grimper au gros module en bois. Elles s'amusèrent ensuite à construire un beau château dans le bac à sable.

Christelle revint chez elle à midi et proposa à Camille de l'emmener manger au restaurant. Babette rentra chez elle à vélo. Sa mère et elle s'installèrent dans le jardin, à l'ombre du parasol, pour manger des sandwichs au thon et boire du thé glacé. Dans le potager, les rangs de petits pois, de laitues et autres légumes étaient inondés de soleil. Touffu était étendu sous la table, la tête sur le pied de Babette.

Babette raconta à sa mère les jeunes années de madame Cameron.

— J'avais l'impression qu'elle essayait de se justifier. C'était très étrange. Une chose est sûre, elle aime vraiment Camille. C'est probablement l'une des raisons pour lesquelles elle est si reconnaissante envers Claude. Tu vois, maman, le problème c'est que, dès que je suis près d'elle, je ne peux m'empêcher de penser à ce que Nina m'a raconté. Pour un peu, je préférerais qu'elle ne m'ait rien dit.

— Son enfance pourrait expliquer en partie ses vols à l'étalage. Grandir dans la pauvreté peut avoir engendré chez elle une certaine insécurité, le désir de posséder plus de choses. Elle croit peut-être que Nina l'a démasquée et elle essaie de se justifier.

— Mais elle ne sait pas que je connais Nina.

— Eh bien, elle réalise peut-être que son mari devient un peu bizarre. Elle pourrait chercher à le couvrir. Ou peut-être avait-elle simplement besoin de parler. Son mari est beaucoup plus âgé qu'elle.

Puis, après une pause, elle poursuivit:

— Et si nous parlions de ta chambre?

— Oh! Maman! Elle n'est pas tellement en désordre!

Après le repas, Babette rangea et nettoya sa chambre puis passa son maillot de bain sous ses vêtements. Elle avait rendez-vous avec Nina et Kariane au parc qui bordait la rivière.

Comme elle avait besoin de crème solaire, elle passa d'abord à la pharmacie. L'enseigne à la porte annonçait «PHARMACIE TRUDEL». C'est son arrière-grand-père, lui-même pharmacien, qui l'avait ouverte, à l'époque où les médicaments étaient encore préparés à la main. La famille Trudel s'était transmis la profession et le commerce de génération en génération.

Le père de Babette avait un album contenant les publicités imprimées de la pharmacie Trudel vantant les premiers produits offerts en vente libre: certains promettaient la repousse des cheveux, d'autres donnaient de l'énergie, d'autres encore soulageaient les maux d'estomac. Babette aimait les lire.

Mais elle n'était pas sûre de vouloir devenir pharmacienne. De toutes les sciences, les mathématiques et la physique étaient ses préférées. La navigation spatiale l'intéressait beaucoup plus que les médicaments depuis qu'elle avait suivi un cours de fuséologie. Lorsqu'elle en avait parlé avec son père, il lui avait suggéré de suivre la voie qui lui plaisait vraiment.

— Tu n'auras qu'à épouser un pharmacien, avait-il ajouté en riant.

Il faisait plus frais dans la pharmacie. Elle salua son père d'un signe de la main. Il préparait une ordonnance derrière son comptoir, au fond du commerce. Babette évita les présentoirs remplis de ballons de plage, de tongs et de matelas gonflables et se dirigea vers le mur latéral. Elle choisit une crème solaire parmi les innombrables flacons exposés et alla la payer à son père. Celui-ci lui sourit.

— Je vais à la rivière, dit-elle.

— Comment s'est passée ta matinée ?

— Camille est super, mais ses parents sont un peu bizarres.

— À ton âge, tous les parents le sont, pas vrai ?

— Ceux-là, plus que les autres. Mais ils ne me paient pas pour m'occuper d'eux.

— Bien dit !

Son père mit le tube de crème solaire dans un sac.

— Reste sur les artères principales.

— Papa, il fait jour.

— Babette, nous ne savons rien du tueur à la rose. Il pourrait frapper à la moindre occasion. Et s'il te voit seule dans une rue déserte...

— D'accord, d'accord, je serai prudente.

— Et ne lésine pas sur la crème. Les coups de soleil sont dangereux.

— Ce monde devient trop compliqué. Je devrais me contenter de rester au lit.

Elle sortit de la pharmacie et se dirigea vers le parc. Le soleil cognait. Elle passa devant la Grande Tour, appréciant l'ombre qu'elle projetait. Claude Cameron était-il en train de la regarder passer ? Elle pédala plus vite.

Arrivée au parc, Babette resta debout à contempler la plage qui s'étirait le long de la rivière. Les amateurs de bains de soleil et leurs serviettes cachaient la quasi totalité du sable. Des musiques tonitruantes s'échappaient de plusieurs postes de radio et l'endroit embaumait la lotion solaire. Elle pensa soudain au tueur à la rose. Il pourrait être l'un de ces corps luisants. Un frisson la parcourut en dépit de la chaleur.

Au bout de la plage, un quai s'étendait sur la rivière à faible débit. De jeunes enfants jouaient dans le sable au bord du quai. Au large, les rayons du soleil étincelaient à la surface de l'eau sombre.

La rivière était remplie de nageurs, de matelas gonflables et de bouées. Babette verrouilla son vélo et partit à la recherche de ses amies.

— Salut, Babette, entendait-elle ici et là en se frayant un chemin entre les serviettes de plage.

Elle aperçut enfin Nina et Kariane, étendues sur le sable à côté de la tour de surveillance.

— Vous êtes de plus en plus bronzées, les filles, leur dit Babette en arrivant près d'elles.

Kariane se retourna.

— Babette ! s'écria-t-elle. On a quelque chose à t'annoncer !

Chapitre 7

Babette se laissa tomber sur le sable chaud à côté de Kariane.

— Quoi ? fit-elle en enlevant son t-shirt.

Kariane s'assit et mit ses lunettes de soleil.

— Maxime Simoneau a demandé à Nina de sortir avec lui.

Babette sentit son estomac se nouer. Elle se leva brusquement et, pour cacher ses larmes à son amie, elle entreprit d'enlever son short.

Nina se retourna et donna un petit coup sur le bras de Kariane.

— Il ne m'a pas demandé de sortir avec lui, idiote ! Il sait très bien que je sors avec Joël. Il a dit vouloir me rencontrer pour me parler de quelque chose.

— Oui, mais Joël sera absent tout l'été. C'est l'occasion rêvée pour Max, fit Kariane en riant.

Babette étendit sa serviette et se coucha sur le ventre, incapable de regarder ses amies. Comment avait-elle pu s'imaginer que Max s'intéresserait à elle avec Nina dans les parages ?

— Je vais te mettre un peu de crème, dit Kariane.

Elle enduisit le dos de Babette de lotion. Un parfum de noix de coco les enveloppa. Babette n'apprécierait plus jamais cette odeur.

— Où dois-tu le rencontrer ? demanda-t-elle en essayant de maîtriser sa voix.

Elle voulait leur cacher combien elle souffrait.

— Au café *Viking*. À dix-sept heures, à la fin de sa journée de travail.

Le café *Viking* ! Depuis samedi soir, Babette considérait ce café comme un lieu spécial pour elle et Maxime. Leurs regards ne s'y étaient-ils pas croisés ? Ne lui avait-il pas souri pour la première fois ? En réalité, c'est Nina qu'il regardait. Babette se trouvait simplement dans son champ de vision. Comme elle avait pu être naïve ! Le restaurant pouvait brûler maintenant, ça lui serait bien égal.

Kariane passait de la crème sur ses jambes et Babette sentit des grains de sable rouler sous les doigts de son amie.

— Babette, dit Nina, j'ai l'impression que Max s'intéresse vraiment à toi.

Le cœur de Babette bondit dans sa poitrine. Que voulait dire Nina ? Une question lui vint au bord des lèvres, mais Kariane la devança.

— Alors, pourquoi tiendrait-il à te voir toi, Nina ?

— J'ai appris à le connaître un peu au cours de

biologie. Il est du genre timide. Je crois qu'il veut savoir si Babette accepterait de sortir avec lui. Si je lui dis que Babette n'est pas intéressée, il n'ira pas plus loin.

— Accepterais-tu de sortir avec lui, Babette ? s'enquit Kariane.

Babette se retourna et s'assit. Elle ne voulait pas trop s'engager. Elle aurait l'air d'une folle si Nina se trompait sur les intentions de Max.

— Sans doute, leur répondit-elle, si je n'étais pas trop occupée.

Nina éclata de rire.

— Arrête, Babette ! J'ai bien remarqué la façon dont tu le regardais, l'autre soir, à l'extérieur du café. Et les sourires que vous échangiez tous les deux, d'une table à l'autre.

— Vraiment ? fit Kariane. Comment se fait-il que je ne remarque jamais rien ?

— Parce qu'il n'y avait rien à remarquer, dit Babette d'un ton cassant. Je ne veux plus parler de ça.

Elle se tourna sur le ventre, alluma son poste de radio et ferma les yeux. Nina avait-elle raison en disant que Max la regardait ? Avait-elle une petite chance ? Devait-elle espérer ? Elle porta la main à son anneau porte-bonheur. Elle ne pouvait rien faire d'autre.

Vers quinze heures, deux membres de la Bande des quatre arrivèrent au parc et organisèrent une partie de volley. Babette essaya de se joindre à eux, mais elle ne réussissait pas à se concentrer sur le jeu. Après avoir reçu deux coups de ballon sur la tête, elle retourna s'étendre sur sa serviette.

Avant de partir à son rendez-vous avec Max, Nina serra Babette dans ses bras.

— Je t'appelle dès que j'arrive à la maison, lui promit-elle.

Babette la regarda partir. Elle devrait faire preuve de beaucoup de courage pour répondre au téléphone.

Ce soir-là, Babette et ses parents mangèrent sur la terrasse. Les ombres s'étendaient sur le jardin, et l'air plus frais sentait bon le poulet que son père avait fait cuire sur le barbecue. Touffu était assis près de la chaise de Babette, prêt à attraper les petits morceaux qu'elle ne manquait jamais de lui offrir. La jeune fille venait à peine de beurrer un épi de maïs lorsqu'elle entendit la sonnerie du téléphone. Chez elle, le règlement voulait qu'on ne prenne pas d'appels pendant les repas. Elle lutta pour ne pas bondir vers l'appareil et entendit le répondeur se déclencher.

— Babette, disait Nina, rappelle-moi.

«C'est tout? se dit Babette. Elle aurait pu me donner un indice». En ne disant rien, Nina lui signifiait-elle s'être trompée? Max voulait-il vraiment sortir avec Nina?

Babette sentit son estomac se contracter. Elle devait savoir, affronter la vérité.

— Je n'ai pas faim, dit-elle en déposant l'épi de maïs. Je peux sortir de table ?

— Mais tu n'as rien mangé, dit sa mère en regardant son assiette pleine.

— J'ai dû prendre trop de soleil.

Sa mère fronça les sourcils et toucha le front de Babette.

— Tu devrais peut-être aller te coucher.

— Ça ira. Je vais appeler Nina et me détendre.

— Ce coup de téléphone semble plus important que mon poulet, remarqua son père en riant.

— Oh ! Papa...

— Babette, fit sa mère, mange ton repas.

Babette plaça la dernière assiette sale dans le lave-vaisselle et se précipita vers le téléphone. Ses parents étaient encore sur la terrasse, en train de prendre le café. Babette souleva le combiné et le contempla. Tenait-elle vraiment à savoir ? Elle raccrocha.

La sonnerie du téléphone la fit sursauter.

— Qu'a dit Nina ? demanda Kariane dès que Babette eut répondu.

— J'allais justement l'appeler.

— Téléphone-moi dès qu'elle t'aura raconté.

Babette soupira. Elle n'avait plus le choix, maintenant. Kariane la talonnerait pour qu'elle appelle. Nina répondit dès la première sonnerie.

— Allez, envoie la mauvaise nouvelle, dit Babette.

Elle voulait en finir avec cette histoire.

— T'a-t-il appelée ?

— Non.

— Eh bien, il va le faire. Il te trouve très jolie.

Jolie ? Il avait parlé à Nina, regardé Nina, et il disait la trouver belle, elle ?

— Il s'intéresse à toi depuis qu'il t'a vue courir. Il aime cette façon que tu as de t'acharner, de t'entraîner.

Babette retint son souffle. Elle n'avait pas réalisé qu'il la regardait. Était-ce pendant cette course où elle avait trébuché après deux cents mètres ? Elle avait eu l'air d'une folle, étendue sur la piste.

— Il m'a dit que, lorsqu'il t'a vue marcher seule l'autre soir, il a eu peur à la pensée de ce qu'il pouvait t'arriver. À cause du tueur, tu sais ? C'est à ce moment-là qu'il a su ce qu'il éprouvait pour toi.

Babette sentait maintenant une grande chaleur envahir tout son corps.

— Raconte encore.

— Quoi ?

— Qu'il doit m'appeler.

Nina éclata de rire.

— Il va le faire, alors dépêche-toi de raccrocher !

— Mais qu'est-ce que je vais lui dire ?

— Babette, je ne peux pas tout faire à ta place ! Parle-lui de course à pied, de cinéma ou des vacances. Mais accepte de sortir avec lui. Je ne veux pas qu'il s'imagine que je me suis moquée de lui.

— Bien sûr que je vais sortir avec lui ! Mais appelle Kariane et raconte-lui. Je ne veux pas encombrer la ligne.

Babette raccrocha.

Elle avait griffonné quelques notes tout en parlant avec son amie.

Athlétisme.

«Courais-tu avant ton arrivée à Saint-Clément, Maxime ?» Question idiote ! Il était trop bon coureur pour être un débutant.

Cinéma.

«As-tu aimé le film, hier soir ?» Ridicule ! Tout le monde l'a apprécié. Et s'il ne l'avait pas aimé, que pourrait-elle ajouter ?

Vacances.

«Comment se passent tes vacances ?» Misérable ! Les amis de ses parents lui posaient sans cesse cette question.

Elle posa brusquement le bout de papier sur la table. Elle voulait lui demander s'il rêvait de faire un jour quelque chose de vraiment important pour l'humanité. Ou s'il se demandait parfois à quoi ressemble la mort. Ou s'il s'inquiétait des animaux en voie de disparition, comme les baleines et ces adorables petites chouettes tachetées.

Elle appuya sa tête sur la table de cuisine.

— N'appelle pas, murmura-t-elle.

La sonnerie du téléphone retentit.

Chapitre 8

Babette fixa l'appareil. Il fit entendre une autre sonnerie. Elle souleva le combiné.

— Allô!

— Bonsoir, pourrais-je parler à Babette, s'il vous plaît?

Son cœur bondit.

— Oui, c'est moi.

— Salut, c'est Maxime Simoneau. Tu te souviens? On a marché ensemble du cinéma au café *Viking*.

Comme si elle avait pu oublier un tel événement!

— Je me demandais... eh bien, je me demandais si tu accepterais d'aller pique-niquer vendredi soir.

Un pique-nique? Ils auraient alors tout le temps pour parler.

— La météo prévoit du beau temps toute la semaine, dit-il.

Elle prit une grande inspiration. N'était-ce pas ce dont elle avait toujours rêvé? Que Maxime l'appelle? Et puis, elle avait promis à Nina.

— Vendredi, c'est parfait, dit-elle.

— Super! Je passerai te prendre vers dix-sept heures trente. On achètera du poulet frit ou autre chose et on ira au parc... J'aimerais te parler plus longtemps, mais je dois sortir souper avec mon père.

Oh non! Maintenant qu'elle l'avait au bout du fil, Babette ne voulait plus qu'il raccroche. Elle entendit quelqu'un appeler le jeune homme.

— À vendredi, lui dit-il.

Madame Trudel entra dans la cuisine tandis que Babette raccrochait.

— Je vais pique-niquer avec Maxime Simoneau, vendredi soir. C'est un ami de l'école, dit-elle à sa mère avec un grand sourire.

— À mon avis, c'est aussi le meilleur remède contre les abus de soleil!

Le mardi matin, Babette retourna chez les Cameron. Le ciel était couvert, comme la veille, mais les rayons du soleil commençaient déjà à percer les nuages. Tout au long du chemin, elle imagina le pique-nique avec Maxime. L'embrasserait-il en la raccompagnant? Elle se sentait vraiment stupide — seize ans et elle ne savait pas vraiment embrasser. Quelques garçons avaient bien essayé de l'embrasser, mais elle ne leur avait pas retourné leur baiser. Maxime, elle l'embrasserait, bien sûr. Mais qu'arriverait-il si elle s'y prenait mal?

Claude sortait sa voiture noire et étincelante tandis qu'elle s'approchait de l'entrée de garage. Une terreur subite la fit frémir si violemment que son vélo oscilla. Elle s'agrippa au guidon et pédala rapidement pour garder son équilibre. Il lui sourit en passant près d'elle. Babette resta de marbre.

À l'intérieur, Camille, vêtue d'un short et d'un chemisier jaunes, était assise dans la cuisine et mangeait une gaufre. Christelle en profita pour montrer l'ordinateur à Babette. Peu de temps après, la mère et la fille partaient pour la garderie, et Babette passa la matinée à entrer des titres dans l'ordinateur. Avant de partir, elle copia le fichier sur une disquette qu'elle déposa dans la cuisine pour que Christelle puisse l'apporter au bureau.

Le mercredi, le ciel était dégagé et ensoleillé. Babette et Camille passèrent la journée à la piscine. Ce jour-là, la fillette perdit sa réserve. Elle sourit et éclata de rire de nombreuses fois.

Le jeudi matin, Camille fit un gros câlin à Babette avant de partir.

— J'aimerais rester à la maison avec toi.

— Moi aussi, mais j'ai du travail à faire pour ta maman. On se verra demain.

— On jouera au ballon dans la piscine et tu essaieras de m'attraper?

— Bien sûr.

Tandis que Camille se dirigeait vers la voiture, Christelle dit à Babette :

— J'ai rendez-vous avec un client mais après, je reviendrai travailler à la maison. Claude dirige un séminaire au bureau. Ce sera la folie, là-bas. Je sonnerai à la porte en arrivant pour ne pas vous effrayer.

Babette passa de nouveau sa matinée à entrer des titres dans l'ordinateur. Elle entendit Christelle arriver, mais elle n'alla pas la voir. Le téléphone sonna à trois reprises et, chaque fois, Christelle répondit dès la première sonnerie.

Après avoir rempli deux pages de titres, Babette les imprima. La semaine prochaine, elle irait à la bibliothèque avec ses listes et commencerait à relever les numéros de catalogage des livres. Elle jeta un coup d'œil autour d'elle. Il restait encore des tonnes de livres. C'était d'un ennui... Mais, comme elle touchait beaucoup d'argent, elle ne devait pas trop se plaindre.

Le téléphone sonna de nouveau. Deux fois, Trois fois. Christelle devait être occupée à la salle de bains ou ailleurs. Babette décrocha mais, avant d'avoir pu dire allô, Christelle avait déjà répondu.

Au moment où Babette s'apprêtait à raccrocher le combiné, elle entendit la voix profonde de Claude.

— J'ai reçu ton message, Christelle. Que voulait madame Talbot, cette fois?

Talbot. C'était le nom de famille de Kariane. Parlait-il de sa mère? De sa grand-mère? Babette colla le combiné à son oreille.

— Elle m'a demandé où en étaient ses actions de la compagnie du téléphone, disait Christelle. Je croyais que tu t'en étais occupé le mois dernier.

— J'ai passé un temps fou avec cette vieille chipie, répondit Claude. Je pensais l'avoir calmée. Qu'a-t-elle dit ?

— Je ne sais pas comment, mais elle a obtenu une copie de son portefeuille. Toutes les transactions y sont inscrites.

— Que lui as-tu dit ?

— Je lui ai expliqué que nous avions déplacé son argent pour mieux le faire fructifier. Elle était très en colère. Elle s'est mise à tempêter, disant que vous en aviez déjà discuté tous les deux. Elle a affirmé que tu lui avais promis de lui parler avant d'apporter le moindre changement. Elle m'a demandé de lui décrire les nouvelles actions. Je lui ai dit que tu n'avais pas encore eu le temps de m'en parler, mais que j'étais sûre qu'elle approuverait tes choix. J'ai fait de mon mieux, ajouta-t-elle d'un ton suppliant. Elle insiste pour venir étudier son dossier au bureau, demain matin. Elle va découvrir que nous...

— Pas demain, l'interrompit Claude. Je déjeune au Rotary et, après, j'ai un rendez-vous avec un nouveau client que je ne peux pas annuler. Je vais l'appeler. L'apaiser. Et toi, calme-toi, d'accord ?

— Qu'arrivera-t-il si elle en parle à quelqu'un ?

— Je contrôle tout. Souviens-toi, nous avons un plan.

— Mais Claude, je ne suis pas sûre de pouvoir y arriver. Maintenant que je connais...

Sa voix était chargée de larmes.

— Christelle, tu as toujours eu confiance en moi. N'arrête pas maintenant. Nous avons travaillé trop fort. Maintenant, prends une grande inspiration et détends-toi. Et si tu faisais un beau sourire à ton mari préféré?

— D'accord, chéri.

— Je te vois plus tard.

Babette reposa le combiné après avoir entendu Christelle raccrocher. Claude semblait avoir un plan pour faire fructifier les investissements de la grand-mère de Kariane. Que savait donc Christelle pour ne plus vouloir le mener à bien?

Les Talbot comptaient parmi les familles les plus anciennes et les plus fortunées de Saint-Clément. Le grand-père de Kariane était mort quelques années plus tôt. Lorsque le grand-père de Babette était décédé, monsieur Trudel s'était occupé des finances de sa mère. Madame Trudel avait expliqué à sa fille que les femmes de cette génération n'étaient souvent pas assez instruites pour gérer seules leur argent. Madame Talbot n'entendait peut-être rien aux investissements.

Christelle craignait que madame Talbot ne découvre quelque chose. Mais quoi? Babette avait quelques notions en matière d'actions. Tout le monde pouvait, en tout temps, acheter des actions émises par une entreprise. Le prix augmentait ou diminuait en fonction de la demande. Si Claude avait acheté des actions et si leur valeur avait diminué, madame Talbot perdrait son argent.

À midi, Babette alla dire au revoir à Christelle.

De retour chez elle, elle raconta à sa mère la conversation qu'elle avait entendue.

— Ils semblent s'être servis de cet argent, dit madame Trudel en versant de la vinaigrette sur sa salade. D'un autre côté, les Cameron sont des spécialistes en la matière et madame Talbot les paie pour faire fructifier son argent. S'ils ont acheté de bonnes actions, tout ira bien.

— J'ai d'abord cru qu'ils avaient peut-être volé son argent.

Babette lança un croûton à Touffu, qui s'empressa de le croquer.

— Madame Talbot semble avoir eu la même idée. C'est sans doute ce que Christelle craint de l'entendre raconter. De telles rumeurs peuvent détruire une entreprise.

— Je vais appeler Kariane pour voir si elle sait quelque chose.

— Babette, ne dis surtout pas un mot de ce que tu as entendu. Tu as déjà eu tort d'avoir écouté une conversation privée, alors ça suffit.

— S'il n'y a pas eu d'incident, je n'aurai pas à en parler. Tu connais Kariane. Pour elle, un secret n'est qu'un mot dans le dictionnaire.

Après le repas, elle appela Kariane. La jeune fille travaillait à mi-temps pour la compagnie d'assurances de son père.

— Bonjour, Babette, dit-elle lorsqu'elle prit l'appel. À quand le grand jour?

— Demain! On va pique-niquer. J'essaie de ne pas y penser. Ça m'énerve trop.

— Contente-toi d'être gentille. C'est ce que ma mère dit toujours. Tu trouves ça sexiste?

— Seulement si tu suggères aux gars de jouer les machos.

Kariane resta silencieuse un moment.

— Ça y est, j'ai compris! L'égalité des sexes, n'est-ce pas?

— Si on veut. Mais je ne tiens pas à ce qu'il soit comme moi. Sinon, je ferais aussi bien de sortir avec toi.

Kariane pouffa de rire.

— Oh, Babette!

Des applaudissements fusèrent derrière elle.

— Mon père fait la fête. Il vient de vendre une police d'assurance vie d'un million de dollars. Peux-tu deviner à qui?

— Un million de dollars! Tu veux dire que, si la personne meurt, une autre va toucher un million de dollars? J'espère qu'il l'a vendue à mon oncle perdu de vue depuis longtemps.

— Tu ne m'as jamais parlé de lui, dit Kariane.

— Je plaisantais. À qui l'a-t-il vendue?

— Au gars pour qui tu travailles. Claude Cameron.

Chapitre 9

— Claude a acheté une police d'un million de dollars ? dit Babette.

— Chuutt, fit Kariane en baissant le ton. C'est confidentiel. Il a pris cette police au profit de sa femme. S'il lui arrivait quelque chose, il ne veut pas les laisser, elle et leur fille, dans le besoin.

— C'est super. Il est beaucoup plus âgé que Christelle.

Il n'était peut-être pas si mauvais, après tout. Elle ne devrait peut-être pas le juger après ne l'avoir rencontré que deux fois. Mais ces pensées ne purent effacer le frisson que son nom, à lui seul, provoquait.

— C'est aussi super pour mon père. Il touche une commission sur cette police.

— Mais Claude est conseiller financier, et mon père m'a dit qu'il vendait des assurances. Dans ce cas, pourquoi ne l'a-t-il pas achetée à son cabinet ?

— Mon père lui a posé la même question. Monsieur Cameron a expliqué qu'il pourrait y avoir conflit d'intérêts. Je n'ai pas très bien saisi ce que ça signifiait et, selon mon père, ça n'a pas beaucoup de sens. Mais il a accepté le dossier. Je dois raccrocher. Mon père nous emmène fêter ça au restaurant.

Babette se souvint tout à coup de la raison de son appel.

— Comment va ta grand-mère ?

— Bien, enfin... elle est un peu bizarre. Demain, c'est l'anniversaire de la mort de mon grand-père. On va manger avec elle. Je me rappelle l'année dernière. Elle était étrange, nous tenait les mains en disant quelle chance elle avait de nous avoir. Léa va s'en tirer parce qu'elle doit travailler, mais moi, j'y aurai doublement droit. Elle poussa un grand soupir, puis ajouta : Je dois y aller, Babette. Je te téléphone plus tard.

« Voilà qui explique sans doute le problème de madame Talbot, se dit Babette en raccrochant. Elle a simplement besoin d'un peu plus d'attention. »

Elle monta se changer. Elle avait rendez-vous au parc avec Nina.

Le vendredi, Babette se réveilla en ressentant une vague excitation. Puis, elle se souvint. Elle allait sortir avec Maxime. Elle contempla le ciel ensoleillé. Il ne s'était pas trompé à propos de la température.

Tandis qu'elle se préparait pour aller travailler, son excitation se transforma en inquiétude. Toutes les questions qu'elle se posait depuis qu'il l'avait invitée revinrent à son esprit. Comment allait-elle s'habiller ? De quoi allait-elle lui parler ? Peut-être s'intéressait-il vraiment à Nina. Il se servait peut-être de Babette pour en savoir plus sur son amie. Babette souhaitait presque qu'il pleuve.

Lorsqu'elle sortit de la maison, Touffu la suivit dans le garage et se mit à aboyer en la voyant prendre son vélo. Elle tendit la main vers le sac de biscuits, puis s'arrêta. Elle ne lui avait accordé que peu de temps depuis quelques jours. Elle se sentit coupable en l'entendant gémir. Touffu ne devait pas être triste en ce jour si spécial. Elle pourrait l'emmener. Les avoir près d'elle, lui et Camille, l'aiderait à ne pas penser à Maxime ni à leur rendez-vous.

Elle se précipita dans la maison puis, après avoir obtenu la permission de prendre la voiture, elle appela Christelle.

— Bien sûr, amène-le. Je n'en parlerai pas à Camille. Ça lui fera une belle surprise.

Dans le garage, lorsque Touffu vit sa laisse à la main de Babette, il ouvrit la gueule d'un air satisfait, sa queue battant contre ses flancs.

— C'est d'accord, vieux. Allons-y.

Chez les Cameron, Camille vint ouvrir la porte à Babette.

— J'ai une surprise pour toi, lui dit la jeune fille.

Le visage de la fillette s'illumina. Babette la prit

par la main, l'entraîna jusqu'à la voiture et la souleva pour qu'elle puisse voir par la vitre. Touffu colla sa truffe tout en haut de la fenêtre légèrement ouverte.

— Je te présente Touffu.

— Je peux le toucher ? Est-ce qu'on peut aller au parc ?

— Je vais demander à ta maman.

Christelle leur permit de sortir. Lorsqu'elle fut partie, Babette fit entrer Touffu dans la maison, et le chien alla s'étendre près de la cheminée. Camille, tout excitée, vint s'accroupir près de lui et lui caressa la tête. Touffu s'étira et remua doucement la queue.

— Il t'aime bien, dit Babette à la fillette, qui lui fit un grand sourire en retour.

Babette lui prépara un œuf brouillé et Camille insista pour qu'elle en fasse un aussi pour Touffu. Une fois le déjeuner terminé, ils se dirigeaient tous les trois vers la voiture lorsqu'ils virent une camionnette rouge s'arrêter juste derrière. Babette remarqua alors les piles de journaux entassées à l'extérieur du garage.

— C'est Moineau, dit Camille.

— Je sais. Il passe aussi chez moi.

Moineau sortit de sa camionnette et Touffu se précipita vers lui. Il lui fit une caresse sur le cou, puis porta la main à son front en guise de salut.

— 'Jour, mamzelle, 'jour, p'tite mamzelle !

— On va au parc, lui dit Camille.

En souriant, il plongea la main dans la grande poche de son manteau. Il en sortit un sachet de graines qu'il tendit à la fillette.

Camille leva les yeux vers Babette, le regard interrogateur.

— Ce sont des graines pour nourrir les oiseaux au parc.

Babette prit le petit sac et le mit dans sa poche.

— Merci, Moineau, dit Camille.

L'homme se dirigea vers les piles de journaux. Babette, les yeux posés sur lui, se rappela les paroles de Léa, qui avait suggéré que Moineau pouvait être le tueur à la rose.

« Impossible, se dit la jeune fille. Il est beaucoup trop gentil. »

Elle ouvrit la portière de la voiture et laissa Camille et Touffu grimper sur le siège arrière. Touffu se coucha en boule sur sa couverture et Babette attacha Camille dans le siège d'auto que Christelle lui avait laissé.

Moineau avait chargé les sacs de journaux et avait reculé la camionnette pour s'engager dans l'entrée suivante. Au même moment, la voiture de Claude arrivait de leur côté. Il les dépassa en leur faisant un signe de la main.

« Il aura oublié quelque chose, se dit Babette. Heureusement que nous sommes déjà parties. »

Elle continua de rouler jusqu'au parc situé non loin de chez elle.

Babette sentit le soleil la réchauffer tandis

qu'elles marchaient vers la fontaine. Elle respira profondément l'air frais du matin. Un gros papillon jaune voletait autour des pensées, au pied de la fontaine. Camille et elle étaient les seules promeneuses.

Camille lui demanda des graines pour nourrir les oiseaux. Babette ouvrit le sachet et la fillette laissa tomber des graines en petit tas sur le sol. Les moineaux se précipitèrent dessus en voletant. Ils battaient des ailes et se chamaillaient en piaillant au-dessus de la nourriture.

— Ils pourraient partager, dit Camille.

Babette jeta d'autres graines à la volée.

— Étendons-les un peu.

Camille l'imita. Alors, les oiseaux vinrent picorer, de plus en plus nombreux, comme s'ils avaient eux aussi été lancés par poignées.

Les aboiements de Touffu firent s'envoler les moineaux. Babette les entraîna, lui et Camille, vers la vaste pelouse. La fillette le fit courir dans tous les sens en lui envoyant la balle de tennis. Lorsqu'elle fut fatiguée de lancer la balle, elle se joignit à Touffu pour l'attraper. Les jappements du chien et les cris de joie de Camille se mêlaient au chant incessant des oiseaux.

Lorsque Camille et Touffu se calmèrent, ils reprirent le chemin de la fontaine. La musique aigrelette d'un marchand de crème glacée se fit entendre et Babette lui acheta trois délices glacés. Savourant le sien, Camille regardait Touffu engloutir la friandise et nettoyer ses babines d'un grand coup de langue.

— Il s'en met partout !

— Pour les chiens, ce sont de bonnes manières.

Camille étala un peu de crème glacée sur sa lèvre supérieure, puis l'enleva elle aussi d'un grand coup de langue.

— Pour moi aussi, alors.

Babette éclata de rire. Camille était la petite sœur qu'elle avait toujours voulue.

Lorsque Babette raccompagna Camille chez elle à midi, Christelle lui donna son premier chèque de paie. Elle le plia et l'enfonça dans sa poche. C'était son premier pas vers le camp d'entraînement.

— Tu dois maintenant penser à ta soirée, se murmura-t-elle en s'éloignant au volant de la voiture.

Comment s'habiller ? De quoi parler ? Elle se dirigea vers la boutique *Fascination*.

En y arrivant, elle trouva Nina devant la caisse, occupée à manger un sandwich.

— C'est le grand jour ! lui dit celle-ci avec un sourire.

— N'insiste pas ! Je suis déjà bien assez nerveuse !

— Alors, comment vas-tu t'habiller ?

— C'est pour ça que...

Au même instant, un bruit sourd leur parvint du bureau.

— Que se passe-t-il ? demanda Babette.

— C'est pour cette raison que je mange ici, dit Nina en soupirant. Sonia boude. Nous avons reçu le dernier numéro du magazine de mode pour lequel elle travaillait comme mannequin. Elle connaît l'un des mannequins ; c'est une femme de son âge, continua Nina en baissant la voix. Tu sais comme elle se plaint toujours d'avoir été remerciée sous prétexte qu'elle était trop vieille. Je pense plutôt qu'il était trop difficile de travailler avec elle.

— Qu'est-ce qu'elle est agaçante avec sa manie de toujours parler de sa carrière de mannequin. Comme si nos vies à nous ne valaient rien du tout.

— Il s'est produit la même chose lorsqu'elle a feuilleté le numéro du mois dernier. Et, la semaine dernière, le directeur de l'hôtel lui a dit qu'il n'avait plus besoin d'elle pour les défilés du samedi matin. Elle n'arrête pas de dire que ce sont des défilés d'amateurs. Monsieur Lacroix en avait sans doute assez de l'entendre se plaindre.

— Tu ne m'avais jamais parlé de ça.

— C'est sans importance. Je suis bien payée et j'adore les vêtements et mon travail de mannequin. Revenons au sujet qui nous intéresse. Comment vas-tu t'habiller ?

Chapitre 10

La sonnette de la porte d'entrée retentit à dix-sept heures trente et déclencha une série d'aboiements dans la cuisine.

— Ça va, Touffu! cria Babette en se précipitant vers l'entrée.

Elle toucha son anneau porte-bonheur, puis ouvrit la porte.

— Salut, Babette, dit Max en lui souriant.

Il était splendide dans un débardeur blanc qui mettait en valeur ses épaules bronzées.

Elle avait enfilé son short blanc cassé et un chemisier en soie rouge que Nina lui avait prêté. Le regard approbateur de Maxime lui confirma que l'heure passée à coiffer ses cheveux avait valu la peine.

— Entre. J'ai deux ou trois choses à prendre pour le pique-nique.

— J'ai des hot-dogs plutôt que du poulet. J'ai aussi apporté un petit hibachi pour les faire griller.

La mère de Babette se tenait devant le comptoir, en train de glacer un gâteau.

— Je te présente Maxime Simoneau, lui dit Babette.

Sa mère tendit la main, puis se mit à rire. Ses doigts étaient couverts de crème au chocolat.

— Ne la secoue surtout pas! dit-elle. Enchantée de te rencontrer, Maxime. As-tu un lien de parenté avec le docteur Simoneau, notre nouveau vétérinaire?

— C'est mon père.

— Tu lui diras que nous sommes très heureux qu'il ait ouvert sa clinique à Saint-Clément. Avant, nous devions aller jusqu'à la métropole pour faire soigner Touffu.

Touffu, comme s'il répondait à un signal, s'extirpa de sous la table. Il s'assit près de Max et gémit doucement. Le jeune homme le caressa derrière les oreilles.

— Salut, vieux.

— C'est mon chien. Mais à l'instant même, tu es son meilleur ami!

— Babette m'a dit que tu étais très bon en course à pied.

Les oreilles de Maxime se mirent à rougir. Il s'accroupit brusquement et entreprit de gratter le dos de Touffu.

— Je me débrouille.

«Oh, maman! se dit Babette. Maintenant, il sait que je t'ai parlé de lui!»

Pour cacher sa gêne, elle se retourna et sortit un bol de salade de pommes de terre du réfrigérateur. Elle le déposa, avec un sac de croustilles, dans un petit panier. Puis se tournant vers Maxime, elle déclara :

— Je suis prête.

Le panier à la main, Babette et Max se dirigèrent vers l'entrée, Touffu sur les talons. En voyant sortir sa maîtresse, il se mit à gémir et à aboyer.

— On dirait bien qu'il veut venir, lui aussi.

— Non. Il doit rester ici.

Touffu poussa un autre aboiement.

— On peut l'emmener. Est-ce qu'il aime jouer au frisbee ? J'en ai apporté un.

À ces mots, Babette se mit à rire, elle aussi.

— Il se prend pour le meilleur joueur de frisbee du monde ! Il ferait n'importe quoi pour l'attraper.

— Mon père garde toujours des laisses dans la voiture.

Touffu dressa la tête.

— C'est d'accord, vieux, tu peux venir.

Touffu bondit à l'extérieur. Babette attrapa une veste.

— Tu es maintenant la personne qu'il aime le plus au monde !

— C'est un bon début.

Ça signifiait-il qu'il souhaitait qu'elle l'aime ? Elle toucha son anneau porte-bonheur. Comme si elle ne l'aimait pas déjà !

Ils s'installèrent dans la voiture, Touffu en arrière, la tête sortie par la vitre. Maxime alluma la radio.

— Ça te convient?

— C'est ma station préférée.

Ils roulèrent vers le parc sans dire un mot. Le soleil entrait par la vitre et chauffait l'épaule de Babette. L'air sentait bon le gazon fraîchement tondu.

«Je dois dire quelque chose, se dit-elle. Sinon, il va me prendre pour une débile. De quoi Nina m'avait-elle dit de parler?»

Impossible de s'en souvenir. Être si près de Max lui faisait tout oublier. Touffu posa alors sa patte sur le dossier du siège. Ça lui donna une idée.

— Veux-tu devenir vétérinaire, comme ton père?

— Il aimerait que je le devienne. Moi, je ne sais pas. Je lui donne un coup de main pendant l'été pour voir si le travail me plaît.

— Je te comprends. Depuis que Saint-Clément a été fondé, ma famille a toujours compté un pharmacien parmi ses membres. Je sais que mon père souhaite me voir reprendre sa pharmacie.

Elle appuya son bras sur le bord de la vitre; le vent soulevait sa manche. Parler avec Max n'était pas aussi difficile qu'elle l'avait cru. Elle ajouta:

— As-tu jamais l'impression que tu devrais déjà savoir dans quel domaine te diriger? Enfin, un peu comme Nina qui prévoit déjà faire une carrière de mannequin ou comme Kariane qui veut être professeur de gymnastique. Et même comme ceux de la Bande des quatre qui ont décidé qu'ils seraient des joueurs de basket professionnels. Je me sens parfois une fille ordinaire, dépourvue de grandes idées.

Elle fut étonnée d'admettre une telle chose. Elle n'en avait même jamais rien dit à ses amies.

— Tu n'as rien d'une fille ordinaire.

À ces mots, son cœur s'emballa. Ne sachant quoi répondre, elle posa les yeux sur le jeune homme. Ses joues étaient cramoisies.

«Il est vraiment timide, réalisa-t-elle. Comme moi.» Cette pensée la réconforta.

— J'ai pensé à l'avenir, dit-il d'un air sérieux. Je pense qu'il vaut mieux prendre le temps de regarder autour de soi. Et découvrir de nombreux domaines différents. Comme ça, si un milieu de travail ne te convient plus, tu as d'autres possibilités.

Babette s'appuya contre le dossier. Elle aimait beaucoup la fuséologie, mais l'histoire lui plaisait également. Elle avait suivi un cours d'archéologie, cette année. Elle avait adoré ça. Selon Max, elle pourrait donc être scientifique, professeur d'histoire et archéologue. Et pourquoi pas pharmacienne, aussi? Son avenir pourrait être très agréable. Et pas du tout ordinaire.

— Ton idée me plaît.

Le sourire de Max fit de nouveau bondir son cœur.

Ils étaient arrivés au parc. Une vaste pelouse s'étendait derrière la plage. Plusieurs familles avaient déjà déballé des paniers de pique-nique sur les tables dispersées un peu partout. Max stationna la voiture et prit une laisse dans la boîte à gants. Pendant que Babette la fixait au collier de Touffu, il sortit un gros carton du coffre. Il y ajouta le bol de salade et les croustilles de Babette, et ils se dirigèrent vers une table au bord de l'eau.

Après avoir installé le hibachi et allumé le charbon de bois, Max sortit son frisbee. Touffu dressa les oreilles, aboya et bondit pour attraper le jouet. Babette détacha sa laisse et dit à Max :

— Lance le frisbee.

Touffu s'élança. Il bondit très haut et se tortilla pour l'attraper.

— Super ! Il devrait passer à la télé.

— Je te l'avais dit !

Ils jouèrent au frisbee, riant des acrobaties de Touffu, jusqu'à ce que les braises soient prêtes. Max fit cuire six hot-dogs qui, avec l'aide de Touffu, furent avalés rapidement. La conversation se déroulait facilement, au grand plaisir de Babette, un sujet en amenant un autre. Lorsqu'ils parlèrent de course à pied, Max lui dit qu'il prévoyait s'inscrire au camp d'entraînement, au mois d'août. À cette nouvelle, Babette sentit son cœur battre la chamade. Maxime sembla ravi d'apprendre qu'elle y serait, elle aussi.

Après le repas, ils firent griller des guimauves.

Une fois repus, ils s'assirent sur une couverture et contemplèrent le coucher de soleil.

L'air avait fraîchi, et ils avaient tous deux enfilé leur veste. Max passa son bras autour des épaules de Babette. Il posa sa tête contre celle de la jeune fille.

— Tu sens bon, dit-il.

— Vraiment?

Elle ne portait jamais de parfum.

— Un mélange de barbecue, d'air frais et de soleil.

— C'est mon parfum préféré. Je l'appelle *Pique-nique*.

Il garda le silence un instant avant de reprendre la parole.

— Tu sais, j'étais un peu inquiet de sortir avec toi.

« Inquiet? se dit-elle. Si tu m'avais vue avant d'arriver. Je ressemblais à un lapin pris de panique. »

— Je ne savais pas qu'il serait si facile de bavarder avec toi, continua-t-il.

— J'éprouvais la même inquiétude.

— Alors, on est aussi étonnés l'un que l'autre.

Son bras resserra son étreinte. Elle se laissa aller contre lui, ravie de ce qu'elle ressentait.

Touffu posa sa tête sur les genoux de Babette. Il leva les yeux vers elle, le regard suppliant.

— Désolé, Touffu. On ne s'occupait plus de toi.

Il regarda sa montre.

— On devrait rentrer. Je ne veux pas que tes parents s'inquiètent avec ce tueur qui rôde quelque part dans la nature.

Babette n'avait pas pensé au tueur de tout l'après-midi. Et elle ne tenait certes pas à y penser maintenant. Elle se releva lentement, Touffu contre ses jambes.

« C'est de ta faute, Touffu, se dit-elle. Si tu étais resté tranquille, il m'aurait sans doute embrassée. »

Lorsqu'ils eurent tout ramassé et qu'ils furent installés dans la voiture, la nuit était tombée. Comme l'air était encore tiède, ils baissèrent les vitres.

« Je l'inviterai à venir prendre un morceau de gâteau, pensa-t-elle. Il m'embrassera à ce moment-là. »

Max s'engagea dans sa rue et ralentit à l'approche de la maison. Touffu, qui avait sorti la tête, se mit à aboyer : cela fit sursauter Max et Babette.

— Arrête, Touffu ! dit Babette.

Mais le chien continuait.

— Regarde ! fit Max en pointant du doigt le grand sapin qui s'élevait au coin du jardin de Babette. Il y a quelqu'un.

Il avança jusqu'au trottoir et appliqua les freins. Babette avait le regard fixé sur l'arbre.

— C'est seulement l'ombre de l'arbre.

Touffu aboyait toujours.

— Non. Quelque chose a bougé.

Il ouvrit la portière et sauta de la voiture. Touffu bondit sur le siège avant et le suivit. Il se précipita, puis se mit à renifler le pied de l'arbre et la longue haie de rhododendrons qui bordait le terrain.

Les parents de Babette sortirent de la maison.

— Après quoi Touffu aboie-t-il? demanda madame Trudel lorsqu'elle vit Max.

— Quelqu'un se tenait près de l'arbre, répondit-il.

Babette, qui était entre-temps sortie de la voiture, les rejoignit en traversant la vaste pelouse. L'obscurité l'enveloppa comme elle s'approchait du sapin.

« Tu es ridicule, se dit-elle. Il n'y a rien du tout. Max s'imagine avoir vu quelque chose parce que Touffu a aboyé. »

Elle se rapprocha néanmoins de ses parents. Atteignant l'arbre, Maxime en repoussa les longues branches sur le côté. L'air s'emplit d'un parfum épicé.

— As-tu trouvé quelque chose? lui demanda le père de Babette.

— Oui, fit Max, j'ai trouvé ça.

Il s'accroupit sur le gazon. Lorsqu'il se redressa, il tenait à la main une rose en soie rouge.

Chapitre 11

— Je ne comprends pas que tu ne fasses rien, dit le père de Babette.

Après que la rose eut été découverte, il était rentré à la maison et avait appelé la police. Daniel Riel était venu, accompagné de deux policiers. Ils avaient fouillé les buissons de part et d'autre de la clôture en s'éclairant de lampes-torches. Ils avaient bien remarqué quelques branches cassées dans le jardin du voisin, mais rien qui permette d'affirmer qu'un individu s'était caché dans les buissons.

— Papa, dit Babette, assise dans le fauteuil près de Daniel. Ils ont fouillé tout le terrain. Que peuvent-ils faire de plus?

— Amener des chiens entre autres, répondit son père en faisant les cent pas devant la cheminée. Le capturer.

— Nous n'avons pas la certitude qu'une personne se tenait là, fit Daniel en tapotant la main de Babette.

— La rose! lança monsieur Trudel en s'arrêtant

brusquement de marcher. Quelqu'un l'a bien laissée. Et Touffu? Il aboie dès qu'une personne met le pied sur notre terrain. Et Max a vu quelqu'un, lui aussi.

Max. Il était parti après avoir relaté à Daniel ce qu'il avait vu. Elle l'avait senti gêné d'être le centre d'attention alors qu'il avait si peu à raconter. Daniel avait insisté pour qu'il explique encore et encore ce qu'il avait remarqué. Il lui avait même demandé de se remettre au volant de la voiture pour reconstituer la scène.

Max avait continué d'affirmer avoir vu quelqu'un près de l'arbre. Il était parti après avoir suggéré à son père de prendre bien soin d'elle. Babette aimait savoir que Max se souciait d'elle et, lorsqu'il avait montré la rose, elle avait cru que son cœur s'arrêtait de battre. Mais elle n'avait pas besoin qu'on la surveille comme un bébé.

Ses parents étaient d'accord avec le jeune homme. À partir de maintenant, ils surveilleraient le moindre de ses déplacements. À la vitesse où s'enflait la colère de son père, elle serait bientôt séquestrée dans une tour!

— La rose a peut-être été abandonnée plus tôt, dit Daniel. Et la couleur...

Il se tut brusquement.

— Bon, enfin... Max et Touffu n'ont sans doute vu que l'ombre de l'arbre. La brise a peut-être fait bouger les branches, faisant penser au mouvement d'une personne. Je sais que tu te tourmentes,

Jacques. Je suis inquiet, moi aussi. Nous suivons chaque piste que nous avons, mais elles sont rares. Cet individu sait s'y prendre.

Il se leva et remit sa casquette.

— Mais un jour, il commettra une erreur, ajouta-t-il.

Jacques, le visage rouge de colère, s'arrêta devant lui.

— Il s'en prend à ma fille ! Je ne veux pas attendre qu'il fasse un faux pas. Je veux que tu lui mettes la main au collet. Maintenant !

Madame Trudel s'approcha de son mari et passa ses bras autour de sa taille.

— D'autres jeunes filles habitent dans cette rue. Il attendait peut-être quelqu'un d'autre que Babette. Daniel fait de son mieux. Lui aussi se soucie de notre fille.

Les épaules de Jacques s'affaissèrent.

— Je sais, dit-il. Excuse-moi, Daniel, je suis seulement...

Daniel leva la main pour l'arrêter.

— Tu n'as pas à t'excuser. En moins de deux mois, trois jeunes filles ont été assassinées. C'est l'enfer !

À ces paroles, Babette réalisa l'horreur de la situation. Que se serait-il passé si elle n'était pas sortie avec Max ? Si elle était simplement sortie prendre l'air ? Ou regarder les étoiles, comme elle faisait parfois ? Le tueur à la rose aurait passé une corde autour de son cou, puis l'aurait serrée. Elle porta la main à sa gorge, terrifiée. On ne la surveillerait pas pour savoir ce qu'elle faisait, mais pour la protéger. Une pensée soudaine la frappa.

— Et le paysagiste ? demanda-t-elle à son père.

— Mais oui ! Va chercher le journal, Babette.

— Viens, Touffu !

Même si Touffu n'était pas à proprement parler un chien de garde, il réagirait si un étranger rôdait dans les parages.

Elle alluma toutes les lumières sur son passage. Lorsqu'elle revint avec le journal, ses parents et Daniel se tenaient près du téléphone, dans la cuisine. Son père relatait son coup de fil au paysagiste.

— Babette a laissé son nom, dit-il. Cet individu pouvait facilement la trouver. Cette ville est petite.

Après qu'elle eut retrouvé le numéro encerclé, Daniel le composa. Il écouta un moment, puis raccrocha.

— Il n'y a plus de service, dit-il. Demain, je vérifierai le numéro auprès de la compagnie de téléphone.

— Bien sûr, fit monsieur Trudel, la voix subitement fatiguée. Il a obtenu suffisamment de noms. Et maintenant, il passe à l'action.

Après le départ de Daniel, Babette se précipita vers sa chambre, mais sa mère l'arrêta.

— Ça va, Babette ?

La jeune fille hocha la tête.

— C'est terrifiant. Je ne prendrai pas le moindre risque. À partir de maintenant, je devrais peut-être aller travailler en voiture plutôt qu'à vélo. Je sais qu'il frappe plus volontiers la nuit, mais...

Sa mère la serra très fort dans ses bras.

— En voyant cette rose, j'ai éprouvé un choc comme jamais auparavant. Le seul fait d'y penser me donne la chair de poule. Je suis heureuse que tu sois consciente du danger. Nous trouverons un moyen pour la voiture.

— Merci, maman.

La sonnerie du téléphone retentit, et madame Trudel regarda sa montre.

— Il est minuit. Qui peut bien nous appeler à cette heure ?

Babette retourna dans la cuisine et décrocha lentement le téléphone.

— Allô !

— Babette, as-tu vu ma sœur ce soir ? lui demanda Kariane.

Babette se laissa tomber sur une chaise.

— Non, Kariane. Mais attends que je te raconte...

— Babette, l'interrompit Kariane, nous arrivons de chez ma grand-mère. Léa a quitté son travail depuis deux heures et elle n'est toujours pas là.

— Elle est probablement chez des amis.

— Elle sait à quel point mes parents sont inquiets à propos du tueur. Si elle était sortie, elle aurait téléphoné chez ma grand-mère, continua Kariane d'une voix étranglée par les larmes. J'ai si peur qu'il lui soit arrivé malheur.

Le tueur à la rose l'avait attaquée. C'est du moins ce que pensait Kariane. Mais tant et aussi longtemps qu'on ne le dirait pas, ça ne pourrait pas être vrai.

— Je peux faire quelque chose ? demanda Babette en essayant de maîtriser son angoisse.

— Peux-tu appeler Nina et la Bande des quatre ? Mes parents la cherchent en voiture. De mon côté, je vais appeler ses autres amis.

— Bien sûr, Kariane. Et ne t'inquiète pas. Je suis certaine qu'elle est saine et sauve quelque part.

— Merci, Babette, fit son amie en reniflant. On se parle plus tard.

Après avoir raccroché, Babette laissa paraître son inquiétude.

— Léa a disparu.

Sa mère pâlit et porta la main à sa bouche.

— Oh non !

— Kariane me demande d'appeler nos amis pour l'aider à la chercher.

Le cœur serré, Babette composa le numéro de Nina.

Ses parents restèrent auprès d'elle pendant qu'elle téléphonait. Aucun de leurs amis n'avait vu Léa ce soir-là. Babette essaya de rejoindre Kariane pour le lui dire, mais la ligne était occupée.

— Elle est toute seule et profondément inquiète, dit Babette. Si la ligne est occupée, c'est qu'elle n'a pas encore retrouvé Léa. Je devrais aller chez elle.

— Je vais t'y conduire, lui dit son père.

— Je viens aussi, ajouta sa mère.

Une fois ses parents et elle arrivés chez la jeune fille, Babette cogna à la porte. Kariane jeta un coup d'œil par la petite fenêtre avant de les laisser entrer.

Elle avait les yeux rouges et ses joues étaient striées de larmes.

— L'as-tu trouvée ?

Lorsque Babette secoua la tête, ses larmes coulèrent de plus belle.

— Mes parents ne sont pas encore revenus, sanglota-t-elle. La ville n'est pas si grande. Ils ont déjà dû en faire deux fois le tour. Et Léa ne s'absente jamais aussi longtemps. Il lui est arrivé quelque chose de terrible, je le pressens.

— Elle a peut-être essayé d'appeler, lui dit madame Trudel, mais tu étais au téléphone.

— Vous croyez ? dit Kariane, une lueur d'espoir dans les yeux.

Le téléphone sonna.

— C'est elle ! s'écria Kariane en se précipitant pour répondre.

Tous la suivirent dans la cuisine.

— Papa ! L'as-tu trouvée ? disait la jeune fille tandis qu'ils entraient dans la pièce.

Elle ouvrit alors tout grand la bouche.

— Non ! hurla-t-elle. Non, non ! Pas Léa !

Babette courut vers elle, tandis que monsieur Trudel prenait le combiné.

— Bonsoir, Yves, c'est Jacques Trudel. Nous

sommes venus avec Babette pour réconforter Kariane.

Sa main agrippait si fort le combiné que ses jointures en étaient blanches. La mâchoire crispée, il hocha la tête une première fois, puis une seconde fois.

— Nous viendrons, fit-il avant de raccrocher. Le tueur à la rose a attaqué Léa, cette nuit, leur dit-il.

« J'en étais sûre, pensa Babette en serrant Kariane très fort dans ses bras. Je ne voulais pas y penser, et pourtant, je le savais. »

Madame Trudel posa une main sur l'épaule de sa fille. Babette la regarda. « Ça aurait pu être toi, la victime », disaient ses yeux. Babette serra' Kariane encore plus fort.

— Est-elle..., murmura-t-elle.

Son père secoua la tête.

— Elle s'est débattue mais elle est dans le coma, à l'hôpital. J'ai dit à ton père que nous allions t'y accompagner, Kariane.

Kariane enfila une veste, et ils partirent tous en direction de l'hôpital. Lorsqu'ils y arrivèrent, la mère de Kariane courut vers eux. Ses yeux étaient bouffis d'avoir trop pleuré. Son visage était défait par l'inquiétude. Elle serra Kariane contre elle, puis l'entraîna vers l'ascenseur.

Constatant que Babette et ses parents restaient immobiles, madame Talbot les invita à les suivre.

— Je t'en prie, dit Kariane en saisissant la main

de Babette. Léa voudrait t'avoir près d'elle. Et moi aussi.

Un policier était assis devant la porte de la chambre. La mère de Kariane lui parla à voix basse, et il leur fit signe d'entrer.

Babette, bouche bée, regarda Léa. Les yeux fermés, elle gisait immobile dans le lit. Sa peau était marbrée d'ecchymoses et d'égratignures. L'une de ses joues était mauve. Un bandage blanc entourait sa tête et son cou portait une vilaine cicatrice rouge. Un sac de liquide était suspendu à un support métallique à la tête du lit, et le sérum coulait goutte à goutte le long d'un tube, jusque dans son bras.

— Pauvre Léa, murmura Babette.

Sa mère serra son épaule.

Kariane s'assit en sanglotant dans un fauteuil près de sa sœur.

— Est-ce qu'elle ira mieux?

— Nous l'espérons, dit son père en serrant la main de Jacques Trudel. Dieu merci, les médecins n'ont décelé aucune lésion cérébrale. On ne peut qu'attendre qu'elle reprenne conscience.

— Mais elle reviendra à elle, n'est-ce pas? Elle ne restera pas toujours comme ça?

Kariane se pencha vers sa sœur.

— Réveille-toi. Tu dois te réveiller.

— Continue, parle-lui, dit son père. Le médecin pense que ça peut l'aider.

— Où l'ont-ils trouvée, papa?

— À trois coins de rue du magasin. Le gérant l'a accompagnée jusqu'à sa voiture à la fermeture. Ils ont instauré cette nouvelle politique depuis que le tueur...

Sa voix se brisa et il resta silencieux un instant.

— Personne ne sait pourquoi elle s'est arrêtée en cours de route. Les policiers croient que le tueur l'a convaincue d'une manière ou d'une autre d'ouvrir sa portière. Il a alors passé une corde autour de son cou et l'a tirée hors de la voiture. Mais tu connais ta sœur. Personne n'a jamais pu l'obliger à faire quelque chose contre son gré. Cette force de caractère et sa connaissance du karaté lui ont sauvé la vie. Les policiers pensent qu'elle a blessé le tueur. Ils ont trouvé du sang — et pas le sien — sur la route.

— Qui l'a trouvée?

— Un homme venait d'engager sa voiture dans la rue. Il l'a vue se débattre juste avant que le tueur la jette sur le trottoir. C'est là qu'elle s'est fracturé le crâne. Le tueur s'est enfui, et le conducteur a préféré s'occuper de Léa plutôt que de courir après lui.

— A-t-il laissé une rose? demanda Babette.

— Non. Il aura sans doute manqué de temps.

— Pourquoi y a-t-il un policier dans le couloir? questionna Kariane.

— Léa est la seule personne capable d'identifier le tueur à la rose. La police ne veut pas qu'il lui arrive quelque chose.

— Tu veux dire qu'il pourrait venir ici pour essayer de la tuer ? J'ai déjà vu ça à la télé. Le meurtrier avait réussi à éloigner le policier et à entrer dans la chambre. Je crois que je vais passer la nuit ici.

— Je suis certaine que Léa apprécierait te sentir près d'elle, lui dit sa mère. L'infirmière peut t'installer un lit de camp.

— Nous ferions mieux d'y aller, fit Babette à ses parents.

Elle serra encore une fois Kariane contre elle.

— Je t'appellerai demain matin. D'ici là, elle aura peut-être repris conscience.

Une fois chez elle, après s'être préparée pour aller se coucher, Babette resta devant sa fenêtre à contempler l'obscurité.

En quittant leur jardin, le tueur était sans doute parti traquer une autre victime. Samedi dernier, au café *Viking*, Bastien avait recommandé à Léa d'être prudente. Qu'est-ce qui l'avait donc incitée à ouvrir sa portière ?

Lorsque Max avait trouvé la rose, Babette avait subitement pensé à Claude Cameron. Léa le connaissait-elle ? Par le biais de sa grand-mère, peut-être ? La jeune fille s'était-elle arrêtée pour saluer quelqu'un ? Et qu'en était-il du client sur qui elle avait renversé du café ? Non, elle ne se serait certainement pas arrêtée pour lui parler. Elle avait peut-être garé sa voiture pour une tout autre raison et se sera fait attaquer. Le paysagiste, peut-être...

peut-être... Babette appuya ses mains sur ses tempes pour contenir le flot de ses pensées.

« J'espère que Léa l'a blessé. Qu'elle lui a fait mal, vraiment mal. »

En se glissant entre les draps, l'image de Max envahit ses pensées, aussitôt remplacée par celle du visage tuméfié de Léa. Comment une journée qui avait si bien commencé pouvait-elle s'être terminée aussi mal ?

Chapitre 12

Vers dix heures trente, le lendemain matin, Babette partit en voiture à l'hôpital. C'est une femme, cette fois, qui montait la garde devant la chambre de Léa. Elle demanda à Babette une pièce d'identité, et la jeune fille lui tendit son permis de conduire. Après avoir vérifié que son nom était bien inscrit sur sa liste, la policière fit signe à Babette d'entrer.

Kariane, assise près du lit de sa sœur, lui faisait la lecture. Léa ne semblait pas avoir fait le moindre mouvement depuis que Babette l'avait quittée.

— Bonjour, Babette ! fit Kariane en levant les yeux.

Babette retint son souffle. Son amie était dans un piteux état. Elle avait les yeux enflés et cernés de noir, les cheveux ébouriffés et ses vêtements étaient froissés.

« Comme si elle avait dormi tout habillée », se dit Babette. Elle tourna les yeux vers un lit de camp appuyé contre le mur. « C'est probablement ce qu'elle a fait ! »

— Comment va-t-elle?

Les yeux de Kariane s'emplirent de larmes.

— Aucun changement. Je n'arrête pas de lui serrer la main, mais elle ne réagit pas.

Babette posa une main sur l'épaule de son amie.

— Laisse-lui un peu de temps.

— Je voudrais être étendue là, à sa place.

Babette la fit se lever.

— Appelle ta mère et demande-lui de venir te chercher. Je vais rester ici et faire la lecture à Léa. Toi, tu vas rentrer chez toi et dormir un peu. Si Léa se réveillait maintenant et te voyait dans un tel état, elle retomberait illico dans le coma.

Kariane passa sa main dans ses cheveux.

— Je dois être horrible à voir, hum?

— Après une bonne douche et un peu de repos, il n'y paraîtra plus. Allez, va!

Kariane fronça les sourcils.

— Tu ne laisseras pas ce tueur lui faire du mal?

— Il n'aura pas la moindre chance de s'en approcher.

Kariane prit sa veste sur le dossier du fauteuil.

— Merci, Babette.

Cette dernière s'assit et prit le livre déjà bien écorné.

— Oh! Winnie l'ourson! Mon livre préféré!

— Lorsqu'elle était petite, Léa aimait ce livre par-dessus tout, expliqua Kariane. C'est peut-être ridicule, mais j'ai pensé qu'elle aimerait qu'on le lui lise. Qu'en penses-tu?

— Je crois que tu as raison. Maintenant, rentre chez toi. Je te verrai plus tard.

Lorsque Kariane l'eut quittée, Babette se mit à lire. Elle avait déjà lu deux histoires lorsqu'elle entendit des voix dans le couloir. Elle sortit et vit Stéphane et Bastien près de l'agent de police.

— On est venus voir Léa et elle ne veut pas nous laisser entrer, dit Stéphane en montrant la policière.

— Elle monte la garde auprès de Léa, lui expliqua Babette. Lorsqu'elle reviendra à elle, elle seule pourra identifier le tueur.

— Eh bien, ce n'est pas moi ! grommela Stéphane. Comment va Léa ? Où est Kariane ?

— Léa est toujours dans le coma et j'ai renvoyé Kariane chez elle. Elle doit se reposer ; elle souffre beaucoup.

— Peut-on faire quelque chose ? demanda Bastien.

Babette leur montra le livre.

— Le médecin a expliqué aux parents de Léa que lire à haute voix et lui parler pourrait l'aider. Et je sais que Kariane apprécierait votre soutien.

— Avec plaisir, dit Stéphane. Établis un horaire et tiens-nous au courant.

Ils partirent, et Babette reprit sa lecture. Peu de temps après, Nina entrait dans la chambre.

— Où est Kariane ? demanda-t-elle en rangeant son permis de conduire dans son portefeuille.

— Je l'ai renvoyée chez elle. Elle a passé la nuit ici, et je crois qu'elle n'a pas fermé l'œil.

Nina, immobile, regarda Léa puis posa les yeux sur le livre que Babette tenait entre ses mains.

— Peut-elle nous entendre ?

— Je l'espère.

— Je ne peux pas croire que quelqu'un lui ait fait une telle chose. J'aimerais pouvoir écharper celui qui a fait ça.

— Les policiers pensent qu'elle l'a blessé.

— Tant mieux ! Y a-t-il quelque chose que je puisse faire ?

— Appelle la Bande des quatre et essaie d'établir un horaire pour tenir compagnie à Léa et lui faire la lecture. Ça pourrait l'aider à reprendre conscience.

— Bien sûr. Je peux venir à n'importe quelle heure.

— Et ton travail ?

— Sonia a téléphoné ce matin. Sa sœur est tombée malade et elle doit s'occuper d'elle. Elle a décidé de fermer la boutique toute la semaine. Lorsque je lui ai parlé de Léa, elle a semblé horrifiée.

Babette resta à l'hôpital jusqu'à quinze heures et laissa sa place à Nina. Celle-ci avait apporté un livre de science-fiction, car Léa adorait ce genre de lecture.

Les quatre garçons et elle s'étaient partagé le temps de lecture. Les jeunes hommes avaient insisté pour que leurs amies ne viennent que pendant la journée. Ils trouvaient trop dangereux pour elles de se promener une fois la nuit tombée. Lorsque les autres amis de Léa entendirent parler des séances de lecture, ils acceptèrent d'y participer aussi.

Lorsque Babette arriva chez elle, sa mère lui dit:

— Maxime t'a appelée. J'ai inscrit son numéro près du téléphone.

Le cœur de Babette bondit de soulagement. Après tout ce qu'il avait subi la veille, elle avait craint qu'il ne veuille plus la voir. Elle s'empressa de le rappeler.

— Salut, Max! C'est Babette.

— Comment vas-tu?

Elle lui raconta ce qui était arrivé à Léa.

— C'est terrible. Il a dû s'en prendre à elle parce qu'il n'a pas pu t'attaquer.

— Cette idée me rend presque coupable.

— Il aurait pu te tuer. Dieu merci, elle est en vie.

— Et elle peut identifier le tueur. Les policiers attendent qu'elle revienne à elle pour prendre sa déposition.

— J'espère qu'elle reprendra vite conscience. J'étais très inquiet pour toi.

Babette sourit, heureuse de savoir qu'il se souciait d'elle.

— C'est gentil, Max. Après ce qui vient d'arriver à Léa, je n'ai pas l'intention de courir le moindre risque.

— J'aimerais passer la soirée avec toi, mais je pense qu'il ne serait pas prudent que tu sortes de chez toi.

— Mes parents seront du même avis, et moi aussi, je crois. Mais... on a un magnétoscope ! Si tu veux venir ici, on pourrait louer un film.

« Dis oui, je t'en prie, dis oui ! » pensa-t-elle.

— Super ! Vers vingt heures ? Je m'occupe du film. Préfères-tu une comédie ou un drame ?

— Rien qui fasse peur ! Je suis assez effrayée comme ça.

Le lundi matin, Babette attendit la dernière minute pour partir travailler. Elle ne tenait pas à se trouver nez à nez avec Claude.

Le ciel s'était ennuagé pendant la nuit. Elle conduisit la voiture de sa mère sous une petite pluie fine jusqu'à la demeure des Cameron et poussa un soupir de soulagement en constatant que la voiture de Claude n'était pas là.

Christelle fit entrer Babette puis alla finir de s'habiller. Camille, en robe de chambre, regardait des dessins animés à la télé. Dès qu'elle aperçut Babette, elle bondit sur ses pieds.

— Dans six jours, je vais visiter un zoo ! lui dit-elle en montrant les cinq doigts de sa main.

Babette dressa un doigt de l'autre main de la fillette.

— Six.

— Je vais voir un vrai néléphant, et un tigre et

un lion. Ils sont sauvages, Babette. Pas comme Touffu.

— Je sais, dit la jeune fille. Ils sont gros aussi.

— Maman dit qu'ils ne peuvent pas me faire du mal, ajouta la petite d'un air sérieux. Ils sont enfermés dans des cages et ne peuvent pas en sortir.

Babette la prit dans ses bras et la porta dans la cuisine.

— Tu sais ce que tu verras aussi ? Des petits singes, comme toi ! dit-elle en chatouillant Camille qui gloussa de plaisir.

Babette la fit asseoir sur un tabouret, devant le comptoir.

— Que dirais-tu d'un déjeuner ?

— Que mangent les singes ?

— Des bananes !

— Si je suis un petit singe, j'en veux une.

— Ils aiment aussi le jus d'orange, le pain grillé et les céréales.

— D'accord.

Christelle entra dans la cuisine pendant que Babette préparait le déjeuner de Camille.

— Je suis un singe ! lui annonça la fillette en secouant la demi-banane que Babette lui avait donnée.

— Mais oui ! fit Christelle en riant et en frottant son nez dans le cou de la fillette. Un adorable petit singe !

— J'ai parlé du zoo à Babette, lui dit Camille.

— Ah oui ! Le zoo, dit sa mère sans enthousiasme en se versant une tasse de café. Je dois vous parler, Babette, ajouta-t-elle sans regarder la jeune fille.

« Oh non ! Qu'est-ce que j'ai fait ? » se demanda celle-ci.

— Je... enfin, Claude... euh... il..., bredouilla Christelle, hésitante, en regardant sa montre. Je dois partir, je vous parlerai plus tard.

« Ça y est, se dit Babette. Claude lui a demandé de me renvoyer. »

Elle passa le reste de la matinée à jouer avec Camille et à s'inquiéter à propos de son travail. Elle adorait s'occuper de Camille. Elle ne tenait pas du tout à travailler à la pharmacie. Seulement maintenant, comment trouver un emploi d'été ? Toutes les places devaient être prises.

Lorsque Christelle rentra à midi, elle ne relança pas la conversation, et Babette se garda bien de l'interroger. Avant de partir, elle serra Camille dans ses bras, incapable de s'imaginer qu'elle ne la verrait peut-être plus. Dehors, la pluie avait cessé et le soleil qui perçait les nuages avait déjà presque asséché les rues.

En arrivant à la maison, Babette vit que sa mère avait déposé sur le comptoir un plateau rempli de fraises et deux boîtes — une grande et une petite — de petits pois fraîchement cueillis dans le potager.

— Ma première récolte, lui dit sa mère. Je veux livrer tout ça à la banque alimentaire.

Babette ouvrit une cosse et laissa rouler les petits pois dans sa bouche.

— Je viendrai avec toi. Mais après, pourras-tu me déposer à l'hôpital? Je dois tenir compagnie à Léa de quatorze heures à seize heures. Je demanderai à papa de me raccompagner à la maison.

Sa mère montra la plus petite des deux boîtes.

— Celle-ci est pour Moineau. Elle est prête depuis samedi, mais il ne s'est pas montré. Je pensais la lui déposer en cours de route. Je verrai en même temps s'il est malade et a besoin d'aide.

Babette avala un sandwich au beurre d'arachides, puis elle aida sa mère à charger les fruits et les légumes dans la voiture. Touffu la suivit et s'assit près d'elle pendant qu'elle rangeait les provisions dans le coffre. Lorsqu'elle referma le hayon, il poussa un aboiement bref.

— D'accord, Touffu, tu peux venir, dit-elle.

Ravi, il remua la queue.

Elles se dirigèrent vers la cabane de Moineau, sous le pont ferroviaire. En cours de route, Babette parla à sa mère du comportement étrange de Christelle.

— Elle semblait gênée de me parler. Je ne vois pas ce que j'ai pu faire pour être renvoyée.

— Comment peux-tu tirer de telles conclusions? D'après ce que tu viens de me dire, elle n'a fait que marmonner quelque chose à propos de son mari.

— Mais elle évitait mon regard.

— Tu m'as déjà dit qu'elle semblait faire tout ce qu'il voulait. Il a peut-être eu une idée avec laquelle elle n'est pas d'accord. Tu m'as dit toi-même qu'il était bizarre.

« C'est vrai, se dit Babette. Et je me demande s'il est blessé ou s'il a des traces d'égratignures. Mais oui ! C'est ça. Il est rentré chez lui blessé, et Christelle a deviné pourquoi. Elle a besoin d'en parler. Comme maman me l'a fait remarquer, elle ne connaît personne d'autre que moi. »

Elles s'arrêtèrent sous le pont, devant la cabane de Moineau. Une tache d'huile sur le gravier indiquait l'endroit où il stationnait sa camionnette. Un peu plus loin, des bâches étaient tendues sur des piles de canettes et de journaux.

— Il n'est pas là, dit Babette.

— Nous pouvons lui laisser les petits pois. Glisse simplement la boîte à l'intérieur de la cabane.

Babette arrêta la voiture et en descendit. Le pont projetait de l'ombre autour d'elle. L'air était frais et encore humide de la récente pluie. Elle frissonna, malgré son chandail.

Elle sortit la boîte de petits pois du coffre et avança vers la porte en faisant crisser le gravier sous ses pas. Touffu trottait à ses côtés, reniflant ici et là. Babette frappa à la porte, au cas où il y aurait quelqu'un.

Aucun son ne lui parvint de l'intérieur. Elle tourna la poignée et entrebâilla la porte. Touffu la poussa et se faufila dans la cabane.

— Touffu, sors de là !

Elle jeta un coup d'œil par la porte et cria : Maman ! Maman ! Viens vite !

Sa mère la rejoignit en courant. Elles restèrent là, toutes les deux immobiles, à regarder dans l'abri de Moineau.

Dans un coin de l'unique pièce, cinq roses en soie rouge étaient éparpillées sur le lit parfaitement fait.

Chapitre 13

Babette et sa mère se précipitèrent à l'intérieur de la cabane et la jeune fille prit l'une des fleurs.

— Elle est identique à celle que Max a trouvée, dit-elle d'une voix étouffée.

— Nous ferions mieux d'aller voir Daniel au poste de police.

— Mais maman, ça ne prouve pas que Moineau soit le tueur. Il a peut-être trouvé ces roses dans la poubelle de quelqu'un, je ne sais pas.

— Daniel en tiendra compte aussi, j'en suis sûre.

Elles sortirent de la cabane, fermèrent bien la porte derrière elles et montèrent en voiture, Touffu sur les talons.

Tandis qu'elles s'en éloignaient, Babette jeta un dernier coup d'œil sur l'abri en bois. Elle imaginait Moineau, assis sur un banc dans le parc, un pinson perché sur sa main. Il avait de grandes mains, mais il était si gentil. Ses yeux laissèrent échapper des larmes brûlantes.

— Ça ne peut pas être Moineau, mumura Babette.

— Je sais que c'est dur à imaginer. Je ne suis pas non plus prête à y croire. Mais de nombreux soldats ont souffert de traumatismes après avoir combattu.

— Moineau est étrange. Mais il est toujours gentil lorsqu'il passe à la maison. Et regarde comme il s'occupe des oiseaux.

Sa mère hocha la tête.

— Moineau s'est forgé un univers qu'il peut contrôler, comme l'ont fait beaucoup d'anciens soldats. Mais si quelque chose leur fait perdre ce contrôle, leur seul lien avec la réalité risque de se briser. Peut-être est-ce ce qui est arrivé à Moineau, qui sait ? Il a pu croire que ces jeunes filles étaient ses ennemies.

Babette hocha la tête à son tour. Elle avait déjà vu des films où ce genre de choses se produisaient. «Mais je n'y croirai pas tant que je ne l'aurai pas entendu de la bouche de Moineau», se dit-elle.

Une fois arrivées au poste de police, elles suivirent un agent et traversèrent une salle comportant deux bureaux. Chacun d'eux était encombré d'un ordinateur, d'un téléphone, de piles de dossiers et de tasses de café. Sur les murs, les tableaux d'affichage étaient couverts d'avis de recherche et d'horaires de travail. Lorsqu'elles entrèrent dans le bureau de Daniel, celui-ci se leva pour les accueillir.

Elles lui racontèrent ce qu'elles avaient trouvé chez Moineau.

— Il n'est pas venu prendre les déchets à recycler, samedi, lui dit la mère de Babette. Nous sommes passées chez lui parce que je craignais qu'il ne soit malade.

Daniel décrocha le téléphone et appuya sur une touche.

— Trouvez-moi le numéro de plaque d'immatriculation de Moineau, dit-il dans le combiné. Puis lancez un avis de recherche de la camionnette en y joignant la description de Moineau. Je veux seulement l'interroger, mais les agents qui l'approcheront devront se méfier. Il pourrait être dangereux.

Daniel se leva.

— Je vais jeter un coup d'œil chez lui avec un autre agent et essayer de découvrir où il a pu aller.

— Son père est dentiste dans la métropole, dit Babette.

À cette pensée, elle revit le sourire de Moineau et refoula ses larmes.

« Je ne pense pas que ce soit lui. Même s'il a des problèmes, se dit-elle. Pourquoi voudrait-il me tuer ? Ou Léa ? Ou les autres filles ? »

Daniel passa un bras autour de ses épaules.

— Je suis désolé, ma belle, mais nous devons l'arrêter. Je dois savoir d'où viennent ces roses, ne serait-ce que pour le protéger, lui aussi. Il n'est peut-être pas le tueur. Mais si le meurtrier apprend que Moineau a trouvé les roses, sa vie pourrait être en danger. D'ailleurs, et pour cette même raison, mieux vaut ne rien dire de tout ça à personne.

«Seulement à Nina, se dit Babette. Elle gardera le secret et elle comprendra ce que j'éprouve.»

— Nous ne lui ferons pas de mal, je te le promets, dit Daniel en la serrant contre lui.

Daniel ne semblait pas croire que Moineau fut le tueur. Babette se força à sourire.

— Merci, Daniel.

— Oh! À propos, dit-il en leur ouvrant la porte. Dites à Jacques que j'ai fait une enquête sur ce paysagiste. Il est blanc comme neige. Il voulait simplement embaucher des jeunes pour l'aider à aménager le terrain du nouvel immeuble de bureaux, sur la corniche.

«Dommage, se dit Babette. Tout aurait été si simple s'il avait été le tueur.»

Babette et sa mère partirent déposer les fruits et les légumes à la banque alimentaire, puis elles se dirigèrent vers l'hôpital. Le policier assis devant la porte de la chambre fit signe à Babette d'entrer.

Après lui avoir fait jurer de garder le secret, Babette raconta à Nina ce que sa mère et elle avaient découvert chez Moineau. Nina écarquilla les yeux.

— Crois-tu vraiment que c'est lui?

Babette secoua la tête.

— Mais il pourrait être coupable.

— Oui, enfin, je suppose.

— Je refuse d'y croire. Cette idée me rend aussi triste que le jour où j'ai découvert que le père

Noël n'existait pas. Ça me fait comme un poids sur l'estomac.

— Moi aussi.

Babette était heureuse de constater que Nina la comprenait.

— Rappelle-toi ce jour, quand nous étions petites. Il nous avait laissées nourrir les oiseaux dans le parc.

Babette hocha la tête.

— Et un oiseau était venu se poser sur ta main, mais aucun n'était venu sur la mienne.

— Je me revois, assise là, à observer la main immobile de Moineau. Je m'étais juré de faire comme lui, de ne pas bouger, même si l'oiseau me faisait mal. Mais toi, continua Nina en riant. Oh, Babette ! Chaque fois qu'un oiseau essayait de se poser sur ta main, tu la bougeais pour l'en empêcher. Tu effrayais ces pauvres petites bêtes.

— Je ne bougeais pas, protesta Babette.

Nina hocha vivement la tête.

— Oh si ! Tu bougeais. Et même Moineau riait en voyant ces pauvres oiseaux tout confus.

Babette prit le livre des mains de Nina.

— Ce n'était pas drôle. Je rentrais à la maison en pleurant parce que les oiseaux ne voulaient pas de moi.

— Oh, Babette ! Les oiseaux voulaient se poser sur toi, mais tu ne le désirais pas assez fort.

Nina prit la main de Léa et se pencha vers elle.

— Léa, ils ont trouvé des roses dans la cabane

de Moineau. Est-ce lui qui t'a attaquée ? Est-ce lui ?

Les yeux de Nina s'agrandirent.

— Babette ! s'écria-t-elle, elle a serré ma main ! Léa a serré ma main ! Elle m'a entendue. Elle veut nous dire que Moineau est le meurtrier !

En entendant son amie, Babette en eut des frissons dans le dos.

— En es-tu sûre ?

Nina mit la main de Léa dans celle de Babette.

— Est-ce vraiment Moineau, Léa ? insista-t-elle.

Babette sentit une faible pression dans sa main. Son cœur se serra dans sa poitrine.

« Non ! Pas Moineau, supplia-t-elle en silence. Pourquoi ne serait-ce pas Claude Cameron ? »

Elle regarda Léa, toujours immobile, et réalisa soudain ce qui venait de se produire.

— Léa va mieux ! Appelons vite Kariane !

Cet après-midi là, une fois de retour chez elle, Babette raconta à sa mère la réaction qu'avait eue Léa à la question concernant l'identité du tueur. Madame Trudel serra l'épaule de sa fille.

— Je sais quelle peine tu peux éprouver. Mais elle voulait peut-être vous dire que ce n'était pas Moineau.

Babette s'accrocha à cet espoir. Elle souhaitait que sa mère ait raison.

— Je suis contente que Léa commence à aller

mieux, ajouta sa mère. C'est une excellente nouvelle.

— Tu aurais dû voir Kariane lorsqu'elle est arrivée à l'hôpital avec ses parents. Lorsque Léa lui a serré la main, elle a presque sauté au plafond.

— Tous vos efforts pour lui tenir compagnie, lui parler et lui faire la lecture semblent être récompensés.

— C'est ce qu'a dit le médecin.

La tristesse éprouvée à propos de Moineau et la joie de savoir que Léa allait mieux avaient chassé sa crainte d'être renvoyée. Mais son angoisse revint la hanter tout l'après-midi. Le soir, elle regarda la télé avec ses parents, une oreille tendue vers le téléphone. À vingt et une heures, Daniel appela et parla à sa mère.

— Qu'est-ce qu'il a dit? lui demanda Babette dès que sa mère eut raccroché.

— Moineau a disparu. Il n'a fait aucune collecte de déchets recyclables depuis vendredi. Lorsque Daniel a communiqué avec le père de Moineau, celui-ci lui a dit que son fils avait laissé un message sur le répondeur, samedi. Il disait qu'il quittait la région et qu'il appellerait sitôt installé.

— Il a peut-être eu peur après avoir trouvé ces roses et s'est enfui, suggéra le père de Babette.

— J'espère que c'est ça, lui dit sa femme, mais...

Elle lui parla de la réaction de Léa.

— Après tout ce que cette ville a fait pour cet

homme ! s'écria monsieur Trudel, le visage rouge de colère. J'aimerais bien mettre la main dessus. Il traque Babette, nous fait mourir de peur...

Le téléphone sonna de nouveau. Madame Trudel alla répondre et tendit le combiné à Babette.

— C'est Claude Cameron, fit-elle en haussant les sourcils.

« Pourquoi n'est-ce pas Christelle ? se dit Babette. Je ne tiens pas à ce qu'il m'annonce lui-même la nouvelle. »

— Allô !

— Bonsoir, Babette. Désolé de vous déranger. Christelle m'a dit ne pas avoir eu le temps de vous parler, ce matin.

« Nous y voilà. »

— Nous avons un petit problème, continua-t-il. Nous passons la fin de semaine dans la métropole.

Il ne semblait pas sur le point de la renvoyer.

— Oui, Camille m'en a parlé.

— Je ne veux pas laisser la maison inhabitée. Nous nous demandions si vous accepteriez de venir vous y installer de vendredi après-midi à dimanche soir. Au même salaire horaire, bien sûr.

« Je gagnerais beaucoup d'argent ! Mais dormir dans cette maison ? C'est vrai que lui n'y serait pas. Je pourrais le faire. »

Babette se souvint des règles établies par ses parents. Elle ne devait passer ses soirées nulle part ailleurs que chez elle, à cause du tueur à la rose. Mais les choses avaient changé. Ils savaient maintenant de qui il s'agissait et il était en route pour une autre région.

— La maison est munie d'un système de sécurité, continua Claude Cameron, et Christelle m'a dit que vous aviez un chien. Si le fait de rester seule vous inquiète, vous pouvez l'amener.

— Pourrais-je venir avec une amie ?

— Je ne préfère pas. Vous comprenez...

Babette avait demandé à Christelle si elle pouvait inviter une amie certains matins. Elle lui avait répondu que Claude considérait que la maison contenait trop d'articles de valeur — toiles, sculptures, équipement informatique. Il ne voulait pas qu'un trop grand nombre de personnes le sache. Christelle avait ajouté que Babette avait été embauchée en partie grâce à sa mère, conseillère municipale. Compte tenu de cette fonction, Claude avait supposé pouvoir faire confiance à Babette.

— Je dois en parler avec mes parents, dit la jeune fille.

— Bien sûr. Vous donnerez votre réponse à Christelle, demain matin.

Après avoir raccroché, Babette parla de la proposition de Claude Cameron à ses parents.

— L'alarme se déclenchera si quelqu'un essaie d'entrer, leur dit-elle. Et, si j'ai un problème, je peux vous appeler. Il me permet d'amener Touffu avec moi.

Au début, ses parents refusèrent. Puis, ils appelèrent Claude qui les rassura à propos du système de sécurité. Enfin, au grand soulagement de Babette, ils acceptèrent de la laisser y passer la fin de semaine. Mais elle devait leur promettre de ne dire à personne où elle serait.

Tandis qu'elle se préparait à aller se coucher, les arguments que ses parents lui avaient présentés pour la dissuader lui revinrent à l'esprit et l'inquiétèrent. La maison des Cameron, si isolée sur cet immense terrain. Les grands arbres et les buissons constituaient autant de cachettes pour un rôdeur. Rester seule avec Touffu qui n'avait rien d'un chien de garde. Mais toutes les portes et les fenêtres seraient bien verrouillées. Et si quelque chose l'effrayait, elle ne manquerait pas d'appeler la police.

Alors, pourquoi se sentait-elle si angoissée ? Elle comprit soudain ce qui la travaillait. Elle éprouvait cette anxiété depuis l'après-midi. Qu'en était-il si, comme sa mère l'avait suggéré, Léa avait cherché à disculper Moineau ? Si Moineau n'était pas le meurtrier, alors le tueur à la rose rôdait toujours.

Chapitre 14

Le mardi matin, Babette partit travailler en voiture. Elle devait ensuite aller à l'hôpital tenir compagnie à Léa. La journée était déjà chaude. Elle roulait toutes vitres baissées, la radio allumée.

En s'arrêtant avant de tourner à droite, elle jeta un coup d'œil dans le rétroviseur. Un coin de rue derrière, une camionnette rouge se dirigeait vers elle.

« Comme celle de Moineau. Mais non, c'est impossible. Il a quitté la région. »

Toujours immobile, elle essaya de voir l'aile gauche. Celle de la camionnette de Moineau était enfoncée. Mais le véhicule était trop loin. Elle tourna et, quelques instants après, regarda de nouveau dans son rétroviseur. La camionnette avait tourné, elle aussi. Babette ralentit en espérant apercevoir l'aile et le conducteur. Mais la camionnette resta à une bonne distance jusqu'à ce qu'elle atteigne le terrain de golf du Vallon. Babette la perdit de vue une fois sur la route en lacets.

« Ça ne veut rien dire, pensa-t-elle. Il y a beaucoup de camionnettes rouges. »

Elle accéléra néanmoins, au cas où la camionnette reviendrait, et tourna rapidement dans l'allée des Cameron. Elle contempla autour d'elle les arbres et les buissons qu'elle avait imaginés plus menaçants la veille. Ils cachaient maintenant sa voiture, presque accueillants, et ressemblaient plus à une barrière protectrice. Lorsque Camille lui ouvrit la porte et se serra contre elle, ses inquiétudes s'évanouirent.

— Je reste à la maison, aujourd'hui, lui dit la fillette. Et demain, je vais chez le dentiste. Tu vas chez le dentiste, toi aussi ?

Babette hocha la tête.

— Ah bon !

Comme toujours, Claude était déjà parti. Christelle attendait dans la cuisine, prête à s'en aller.

Babette lui annonça qu'elle pouvait garder leur maison.

— Je le dirai à mon mari, dit-elle simplement.

Elle embrassa Camille, ramassa son porte-documents et son sac, puis quitta la pièce sans un regard pour la jeune fille.

« Elle agit comme si elle ne voulait pas que je garde leur maison, se dit Babette. Moi qui pensais lui faire plaisir. »

Camille s'installa devant le comptoir de la cuisine et caressa sa poupée pendant que Babette lui préparait un œuf brouillé.

— Pétronille dit qu'elle restera avec toi, si tu veux.

— Je croyais que Pétronille voulait t'accompagner au zoo.

La fillette regarda sa poupée.

— Pétronille dit que tu es notre meilleure amie. Elle ne veut pas te laisser seule.

— Tu sais, Camille, Pétronille et toi êtes aussi mes meilleures amies. Dis à Pétronille de ne pas s'inquiéter. Touffu me tiendra compagnie.

— Pétronille aime aussi Touffu. Elle veut jouer avec lui.

— Peut-être la semaine prochaine.

— D'accord, dit Camille en prenant une grosse bouchée d'œuf.

À la fin de la matinée, Babette se rendit à l'hôpital en voiture pour prendre sa place auprès de Léa. Celle-ci continuait de répondre aux questions par de légères pressions des doigts, mais n'avait toujours pas ouvert les yeux. Kariane vint la rejoindre près d'une heure plus tard. Lorsqu'une autre amie de Léa vint relever Babette, elle et Kariane partirent à la plage.

C'est sous un soleil de plomb qu'elles se frayèrent un chemin entre les vacanciers. Kariane s'arrêtait de temps à autre pour donner des nouvelles de Léa. Babette continua et découvrit un petit espace inoccupé au bord de la rivière. Le temps d'y arriver, la sueur coulait dans son dos.

Les deux jeunes filles enfilèrent leur maillot de

bain et se précipitèrent dans l'eau. La fraîcheur soudaine fit frissonner Babette. Elle nagea contre le faible courant avant de rejoindre Kariane, déjà étendue sur sa serviette. Babette essora ses cheveux et s'allongea, elle aussi.

— La Bande des quatre organise un *party* sur la plage samedi soir, dit Kariane. Je pense qu'ils font ça pour me distraire un peu de Léa. Tu veux venir? Avec Max, bien sûr.

Pendant un instant, Babette pensa parler de la camionnette rouge à Kariane, mais son amie avait déjà bien assez de soucis. Penser à un *party* lui ferait du bien. Et puis, elle n'était pas le type du tueur à la rose.

« Moi non plus! » aurait voulu crier Babette.

Elle n'avait pas pensé devoir inventer si vite une excuse pour la fin de semaine.

— Je ne peux pas. Je dois... aller chez ma grand-mère. Elle vient d'avoir un mauvais rhume et mon père veut s'assurer qu'elle va mieux.

Quoi qu'il en soit, la dernière partie de l'excuse était vraie.

— Tant pis. Ta grand-mère, au moins, n'est pas comme la mienne.

Babette se souvint subitement de la discussion des Cameron à propos de madame Talbot.

— Comment s'est passée ta soirée chez elle? Juste avant que Léa se fasse attaquer.

Kariane se retourna.

— Elle était vraiment hors d'elle. Elle n'arrêtait pas d'affirmer que Claude Cameron lui volait son argent et que rien de tout ça ne serait arrivé si mon grand-père était encore en vie. Mon père lui-même n'arrivait pas à la calmer. Il a finalement accepté de faire vérifier les livres comptables des Cameron, cette semaine.

— Les Cameron sont-ils au courant?

Elle se rappela à quel point elle avait pu détester ce parfum de noix de coco, une semaine plus tôt. Ce souvenir la fit penser à Max. Elle cacha son sourire pour que Kariane ne s'imagine pas qu'elle se moquait de sa grand-mère.

— Elle a averti Claude Cameron qu'elle ferait appel à quelqu'un. Mon père était furieux. Il lui a dit que, si les Cameron la volaient, elle venait de leur donner l'occasion de trafiquer leur comptabilité pour que tout semble normal. Grand-mère a alors reproché à papa de ne pas surveiller ses intérêts. Elle qui a toujours dit à quel point les Cameron avaient fait fructifier son argent ces quatre dernières années! Après, nous sommes rentrés à la maison pour constater que Léa n'y était pas. Charmante soirée, non?

— Je plains ton père.

Kariane prit la crème solaire et en passa sur le dos de son amie.

— Moi aussi. Il s'occupe beaucoup de sa mère. Il va la voir chaque semaine, s'assure que sa maison est en bon état, et tout et tout. J'espère ne jamais devenir comme elle.

— Une fille aussi joyeuse que toi ne deviendra jamais une vieille femme aigrie.

Kariane se mit à rire et porta une main à sa bouche.

— Il est difficile de se fâcher et de rire en même temps. Je devrais peut-être en toucher deux mots à ma grand-mère.

— Attends qu'elle en sache plus à propos des Cameron.

— Oui, je vois ce que tu veux dire. S'ils la volent bel et bien, aucun ricanement ne la fera garder son calme.

Le mercredi matin, Camille allait chez le dentiste. À neuf heures, Babette prit la liste de livres qu'elle avait apportée et partit à la bibliothèque municipale. Elle pédala le long des rues ombragées, passa devant la boutique *Fascination* affichant « FERMÉ » et se demanda brièvement comment allait Sonia.

Chose certaine, Nina profitait de ces vacances. La veille, sa mère et elle étaient parties faire des emplettes à la métropole. Babette et Kariane avaient ensuite passé la soirée à faire l'inventaire de ses nouveaux vêtements. Avec tout l'argent qu'elle allait gagner, Babette pourrait elle aussi s'acheter de nouvelles choses pour la rentrée scolaire. Elle avait déjà commencé à faire la liste de ce qu'elle voulait s'offrir.

Lorsqu'elle arriva à la bibliothèque, Babette

verrouilla son vélo et entra. À midi, il ne lui restait que huit numéros de catalogage à relever. Elle passa une autre demi-heure à terminer son travail, puis ressortit en clignant des yeux dans la lumière vive du soleil.

Elle déverrouilla son vélo, passa les bretelles de son sac à dos et reprit le chemin de la maison. Arrivée à une intersection, elle regarda à gauche et à droite avant de tourner et vit une camionnette rouge stationnée un coin de rue plus loin. Serait-ce celle qui l'avait suivie la veille ? Elle avança vers le véhicule en poussant son vélo.

Dans un crissement de pneus, la camionnette s'éloigna brusquement du trottoir. Le véhicule accéléra et tourna à droite devant Babette. Bouche bée, la jeune fille remarqua l'aile gauche enfoncée. Le conducteur portait un manteau noir et une casquette sombre.

Chapitre 15

Babette ne pouvait s'empêcher de trembler malgré la chaleur. Son cœur battait à tout rompre.

Moineau ? Ici ?

Elle avait déjà lu des romans où de telles choses arrivaient. Elle devenait folle lorsque le personnage principal ne se souciait pas d'un événement soi-disant sans importance. Il s'aventurait alors seul, en pleine nuit, dans une maison ou un parc désert. Où, bien sûr, un terrible malheur l'attendait. N'importe qui doté d'une cervelle à peine plus grosse qu'un petit pois ferait preuve d'un peu plus de jugeote.

Sa cervelle à elle était certes plus grosse que ça. Elle enfourcha son vélo et pédala jusqu'au poste de police.

Daniel était assis dans son bureau. Lorsqu'elle y entra, il s'appuya contre le dossier de sa chaise, les mains derrière la tête.

— Tu parais soucieuse, Babette. Qu'y a-t-il ?

Elle s'assit et lui parla de la camionnette et de son conducteur.

— Je ne suis pas certaine que Moineau me surveillait. Le fait que je l'aie vu n'est peut-être qu'une coïncidence. Si c'était bien lui.

Elle se demandait maintenant si elle l'avait réellement vu.

— Enfin, il a pu vendre sa camionnette. Ou c'en était une autre avec une aile enfoncée et j'ai imaginé que...

Daniel leva la main pour l'interrompre.

— Je n'ai pas reçu le moindre rapport sur la camionnette. Mes hommes ne la cherchent peut-être plus autant depuis que nous avons entendu dire que Moineau avait quitté la région. Et tu as raison. Tu as très bien pu imaginer l'avoir vu. Mais je ne veux pas prendre le moindre risque. Si cet homme te veut du mal, je veux mettre la main dessus avant qu'il ne t'attrape. En as-tu parlé à tes parents?

— Pas encore.

Il se leva et fit quelques pas dans la petite pièce.

— Nous devons trouver un endroit où te cacher pendant que nous le recherchons.

«Me cacher? Comme Blanche-Neige?»

Babette s'imagina soudain en train de danser dans une forêt avec les sept nains. Elle porta la main à sa bouche pour réprimer le rire qu'elle sentait monter à ses lèvres. Si elle se mettait à rire, elle risquait de ne plus pouvoir s'arrêter.

— Je dois garder la maison des Cameron pendant la fin de semaine.

— Au Vallon?

— Oui. Et personne ne le sait.

— Ça pourrait être la solution. Je pourrais demander à un de mes agents de surveiller la maison pendant ton séjour.

Il prit un stylo et rédigea un bref message.

— Entre-temps, nous passerons la ville au peigne fin pour trouver la camionnette.

— Merci, Daniel.

— Non, c'est moi qui te remercie. Bien des jeunes n'auraient pas eu la présence d'esprit de venir m'en parler.

Elle réfléchit un instant à ces paroles.

— Je suppose que personne ne tient à ressembler à un bébé dont on doit s'occuper.

— User de prudence n'a rien à voir avec l'âge. Et n'oublie pas ! ne sors pas le soir tant que nous n'aurons pas résolu cette affaire.

Babette n'avait pas besoin de cette mise en garde. Et elle se sentait moins inquiète en sachant qu'un policier la surveillerait pendant la fin de semaine. Elle rentra chez elle pour en parler à sa mère.

Le lendemain, comme Daniel le leur avait suggéré, ses parents allèrent la reconduire au travail et retournèrent l'y chercher. À l'aller comme au retour, Babette chercha la camionnette rouge. Mais elle ne se montra pas. Elle vérifia aussi auprès de Daniel mais, de ce côté-là non plus, personne ne l'avait vue.

Lorsqu'il eut entendu parler de la camionnette, le père de Babette s'insurgea contre son séjour chez les Cameron, affirmant qu'elle serait plus en sécurité à la maison. Daniel lui expliqua plusieurs fois pour quelle raison il tenait à la cacher. Il lui promit qu'un agent la surveillerait. Son père, bien qu'à moitié rassuré, donna enfin son accord.

— Je passerai sans doute te voir une ou deux fois, dit-il à Babette, tandis qu'ils rentraient à la maison après sa matinée chez les Cameron.

Babette se sentit soudain furieuse contre tous ceux qui cherchaient à la protéger.

— Je serai sans doute plus en sécurité chez les Cameron qu'à la maison ! Le meurtrier pourrait toujours entrer par la fenêtre de ma chambre.

Elle souhaita immédiatement ne jamais avoir dit ça, car son père lui demanda de garder sa fenêtre fermée et verrouillée en tout temps.

— C'est l'été, papa. Je vais mourir de chaleur !

Encore un mot qu'elle n'aurait pas dû prononcer.

— Tu ne mourras de rien du tout si je peux l'empêcher, lui dit-il d'un ton sec.

Fâchée, elle sortit de la voiture et entra dans la maison se plaindre à sa mère.

— Babette, il est... nous sommes tous deux terrifiés. Il ne cherche pas à te traiter comme un enfant. Mais n'oublie pas que trois jeunes filles de ton âge ont été assassinées et qu'une autre a été grièvement blessée. Tu ne dois prendre aucun risque.

— Mais je ne prends pas de risques. Je fais simplement ce que Daniel m'a demandé de faire.

— Tu es sûre de vouloir aller là-bas?

— Ça m'effraie un peu mais, ici aussi, j'ai peur. Au moins, il ne saura pas où me trouver. Je souhaite seulement que ce ne soit pas Moineau.

— Et moi, j'aimerais que ce tueur n'ait jamais existé.

À seize heures, le vendredi après-midi, la mère de Babette les accompagna, elle et Touffu, chez les Cameron. Les voitures de Christelle et de Claude étaient toutes deux garées devant l'entrée, et Camille aidait son père à charger les valises dans le coffre de sa voiture.

La mère de Babette sortit le saluer. Le sourire de Claude dévoila ses dents tandis qu'il serrait la main de madame Trudel. Babette frissonna. Elle ne supportait pas qu'il touche sa mère. Elle porta la main à son anneau porte-bonheur. Elle en avait besoin, plus que jamais.

Camille, vêtue d'une robe rose à volants et de chaussures en cuir verni, se précipita vers la jeune fille et s'arrêta net devant Touffu, qui attendait près de Babette.

— Bonjour, Touffu. Je vais au zoo.

Touffu lui lécha la joue.

— Pourquoi il a fait ça?

Babette éclata de rire et essuya le visage de la fillette.

— C'est sa façon de te faire un bisou.

Camille tira la langue, se pencha vers Touffu puis recula.

— Il sera triste si je ne l'embrasse pas ?

— Je crois qu'il aimerait mieux que tu le grattes derrière les oreilles.

Madame Trudel vint les rejoindre.

— Camille, je te présente ma mère.

Camille la regarda d'un air sérieux.

— Tu es bien jolie, lui dit madame Trudel.

— C'est ma plus jolie robe. Je ne peux pas la mettre pour aller au zoo. Maman m'a dit qu'elle risquerait de se salir. Est-ce que c'est vrai, Babette ?

— Ta maman a raison.

— Ah bon !

Lorsque Babette eut pris son sac, sa mère recula la voiture. Au même instant, Christelle sortit de la maison. Elle fit un signe de tête à Babette et monta dans sa voiture. Ce bref regard suffit à Babette pour remarquer ses yeux rougis. Christelle et Claude s'étaient sans doute querellés.

— Babette, dit Claude, j'aimerais vous montrer quelque chose à l'intérieur.

«Pas seule avec lui !» se dit-elle.

Attrapant la main de Camille et la laisse de Touffu, elle le suivit dans la maison. Il s'arrêta dans l'entrée et lui expliqua comment armer le système de sécurité.

— Toutes les portes et les fenêtres sont verrouillées. Lorsque le système est armé, il se déclenche dès que l'une d'elles est ouverte. Le système est directement relié au poste de police.

Devrait-elle lui dire qu'un agent la surveillerait pendant la nuit ? Non. Claude lui avait demandé de ne dire à personne qu'elle venait ici.

— Il y a encore autre chose, dans le salon, dit-il.

Babette le suivit, Camille et Touffu sur les talons. Ses yeux se posèrent immédiatement sur le petit revolver posé sur la table. Claude le prit.

— Au cas où le système tomberait en panne.

Babette eut un mouvement de recul, comme s'il se fut agi d'un serpent venimeux. Elle ne voulait surtout pas y toucher. Claude pointa l'arme vers la cuisine.

— C'est simple. Il n'y a qu'à braquer et à appuyer sur la gâchette.

Il jeta un coup d'œil à Camille, en grande conversation avec Touffu, et déposa le revolver sur le manteau de la cheminée, hors de la portée de l'enfant.

— Babette, maman et moi avons loué les films que tu voulais regarder, dit Camille en pointant du doigt les quatre vidéocassettes posées sur la télé.

Babette fut soulagée du changement de sujet. Elle voulait s'éloigner de cet homme qui lui donnait la chair de poule.

— Et je l'ai aidée à te préparer des biscuits au chocolat. J'en ai mangé un. Un tout petit.

— Petit, comme toi.

Elle sortit avec Camille et Touffu sans un regard pour Claude.

Elle attacha la fillette dans son siège d'auto, derrière Christelle. Parce que Claude avait plusieurs rendez-vous le samedi, ils prenaient les deux voitures.

— Amuse-toi bien, Camille. Et salue de ma part les néléphants.

— Je t'aime, Babette.

— Je t'aime aussi, dit Babette en la serrant une dernière fois.

Christelle jeta un coup d'œil rapide autour d'elle.

— Merci, Babette. Je suis vraiment dés...

Claude claqua brusquement la portière sur ces mots, puis monta dans sa propre voiture.

— À dimanche soir, dit-il à Babette.

Après avoir fermé le hayon de la voiture, Babette jeta un coup d'œil à Christelle à travers la vitre. Elle regardait droit devant elle, les yeux brillants de larmes.

Chapitre 16

Babette fit de grands signes de la main à Camille jusqu'à ce que la voiture disparaisse. Elle prit alors son sac et entra dans la maison avec Touffu. Le chien la suivit dans la chambre d'amis où elle enfila son maillot de bain.

Quelques minutes plus tard, elle était étendue sur une chaise longue, au bord de la piscine, une assiette de biscuits au chocolat et une boisson gazeuse posées sur la table près d'elle. Elle agitait le roman d'Agatha Christie que Nina lui avait prêté.

— Ça, c'est la vie, pas vrai, Touffu?

Touffu, allongé à l'ombre des buissons qui bordaient la terrasse, remua la queue.

— J'aimerais que Maxime soit ici, murmura-t-elle en lui envoyant un biscuit.

Un jour, elle aurait peut-être une maison comme celle-ci. Avec Max. Elle imaginait les soirées qu'ils organiseraient avec Nina et Joël, son copain, Kariane, Léa et la Bande des quatre.

Seraient-ils toujours là? À quel point les choses

changeraient-elles? «Faites seulement que rien ne change entre Max et moi, je vous en prie», pensa-t-elle.

Il avait passé chaque soirée de la semaine avec elle, à la maison. Ils avaient regardé des films, joué aux cartes, fait des barbecues ou étaient simplement restés assis à bavarder. Il lui avait expliqué que sa mère était morte un an plus tôt et que son père avait beaucoup de mal à s'en remettre. Pour s'éloigner de tous ses souvenirs, il avait emmené Max loin de sa ville natale.

— Malheureusement, avait-il dit, certains souvenirs me permettaient de m'accrocher à elle. Ici, je n'ai rien.

Babette s'était sentie triste pour lui. Elle avait pensé à Saint-Clément, à ses amis, à sa maison construite par son arrière-grand-père. Chaque génération y avait apporté de petits changements pour l'améliorer. Elle dormait dans la chambre que sa grand-mère Bernadette avait occupée. À quoi ressemblerait sa vie si elle quittait tout ça?

— N'hésite pas à me parler d'elle chaque fois que tu en auras envie, avait-elle dit à Maxime.

— Je savais que tu comprendrais, avait-il ajouté.

Il l'avait alors embrassée pour la première fois. Ça lui avait paru si naturel qu'elle n'avait pas craint de s'y prendre mal. Elle l'avait donc embrassé en retour. Elle ferma les yeux, se remémorant la chaleur du jeune homme.

Ils avaient parlé d'une foule d'autres choses, aussi. De l'environnement, des groupes rock et de collèges. La seule pensée qu'il pourrait s'éloigner d'elle lui faisait froid à l'intérieur. Mais son idée de s'inscrire tous deux au même collège l'avait rassurée. Lui aussi souhaitait être près d'elle.

Souriant à cette pensée, elle se tourna sur le ventre et ouvrit son livre.

Lorsque le soleil glissa derrière les grands arbres, Babette frissonna dans la fraîcheur subite. Elle ramassa l'assiette de biscuits, son livre, sa canette, appela Touffu et entra dans la maison.

De grandes ombres s'étiraient sur la terrasse et sur la piscine, ce qui donnait au jardin un aspect sinistre. Elle fouilla les buissons du regard pour y déceler le moindre signe de mouvement. Tout était immobile. Après qu'elle eut verrouillé la porte coulissante et tiré les rideaux pour repousser l'obscurité, la maison lui parut un peu moins effrayante. Touffu la suivit dans l'entrée où elle arma le système de sécurité.

— Tout va bien, lui dit-elle lorsque les voyants se furent allumés.

Elle aurait aimé pouvoir appeler Max. En dehors de ses parents et de la police, lui seul savait où elle était. Elle n'avait pas voulu lui mentir. Et elle pouvait lui faire confiance pour garder son secret. Et puis, elle savait qu'elle se sentirait seule. Parler au téléphone lui ferait passer le temps.

Elle regarda sa montre. Dix-huit heures trente.

Max et son père allaient au restaurant et au cinéma. Ils ne rentreraient pas avant vingt-deux heures.

Après avoir enfilé un jean et un t-shirt, elle retourna dans la cuisine et fit chauffer un plat mexicain au micro-ondes. Elle sursauta en entendant Touffu aboyer à trois reprises. La sonnette retentit. Ils se précipitèrent dans l'entrée et elle regarda par le judas. Un homme en uniforme se tenait sur le perron. Elle l'avait déjà vu au poste de police.

Daniel lui avait dit que l'agent passerait la voir en faisant sa première ronde. Si quelque chose n'allait pas, elle devait utiliser le mot-code « froid ».

— Est-ce que tout va bien ? lui demanda-t-il à travers la porte.

— Oui.

— Voulez-vous que j'entre pour jeter un coup d'œil ?

Ce serait rassurant de lui faire vérifier les chambres, au cas où. Mais Babette se souvint subitement qu'un de ses amis avait suggéré que le tueur à la rose pouvait être un policier. Elle n'allait pas courir le risque de le laisser entrer.

— Non, ça ira. J'ai armé le système de sécurité.

— Bien. Je vais surveiller la maison pendant la nuit.

Elle retourna dans la cuisine et ouvrit une boîte de nourriture pour Touffu qui lui tint compagnie pendant le repas.

« C'est vraiment ennuyeux », se dit-elle en

nettoyant la table. Elle jeta un coup d'œil par le rideau. C'était le crépuscule. La nuit tombait rapidement. Elle s'affala sur le divan. Autant regarder un film.

Elle choisit l'un des films qu'elle avait demandé à Christelle de lui louer. Elle ouvrit une autre canette de boisson gazeuse, un sac de croustilles et s'installa devant la télé, Touffu à ses côtés.

Elle regardait le film depuis près d'une heure lorsque Touffu aboya. Au même instant, les rideaux s'agitèrent. Il y eut un petit craquement dans la maison. Le chien descendit du fauteuil.

— Qu'y a-t-il, vieux?

Touffu gémit, aboya encore une fois et fixa l'entrée.

Elle arrêta le film et tendit l'oreille. Pas le moindre bruit. Le mouvement des rideaux avait tout de même de quoi l'effrayer. Et le craquement. Il y a des courants d'air dans toutes les maisons, n'est-ce pas?

— Je sais ce que tu as entendu. C'est la voiture de patrouille. Ne t'inquiète pas, il nous protège. Enfin, je l'espère, ajouta-t-elle en touchant son anneau porte-bonheur.

Elle tapota le coussin près d'elle, mais Touffu resta aux aguets. Absorbée par l'intrigue du film, elle n'avait pas remarqué à quel point la pièce s'était obscurcie. Elle alluma une lampe sur pied.

Elle devrait peut-être appeler Max. Elle éprouvait le besoin de parler à quelqu'un. Elle jeta un coup d'œil à sa montre. Vingt et une heures trente.

«Zut. Trop tôt.»

En se déplaçant, elle réalisa que la température de la pièce avait fraîchi. Elle frictionna ses bras nus.

— Je reviens, Touffu.

Elle se précipita vers la chambre pour prendre un chandail.

Elle entendit Touffu aboyer de nouveau. Cette fois, sa chair de poule n'était pas due à l'air froid.

«Tu es stupide, se dit-elle. Tout est verrouillé.»

Elle resta néanmoins près du mur et avança doucement vers le salon. Le regard vigilant, l'oreille tendue, elle entra furtivement dans la pièce, puis s'arrêta.

Un homme portant un long manteau noir et une casquette s'avança vers elle. Ses traits semblaient tordus, déformés. Ses mains gantées de blanc tenaient une corde et une rose rouge.

— Non, Moineau! Non! hurla-t-elle, tandis que son chien aboyait toujours.

Tout devint noir.

Chapitre 17

— Touffu ! Arrête !

Babette se débattait dans une épaisse obscurité. Elle avait si chaud. Et son visage dégoulinait de la bave de Touffu. Elle repoussa sa tête. Une vive douleur la transperça. Elle en eut le souffle coupé, puis se sentit étouffer. Ce bruit ! Cette odeur ! La chaleur ! Elle ouvrit brusquement les yeux.

Elle regarda devant elle un moment, essayant de comprendre où elle était. Juste un moment. Des flammes dansaient autour d'elle. De la fumée emplissait la pièce. Elle souleva sa tête et la laissa retomber, étourdie. Elle marmonna et Touffu gémit. Il attrapa son chandail entre ses dents et tira.

Essayant d'oublier la douleur qui irradiait dans sa tête, elle se précipita vers la porte coulissante, respirant par petits coups dans sa manche. Une fois devant la porte, elle tira le rideau. Elle luttait, le bras tendu à la recherche de la poignée.

« Ma tête tourne, elle tourne tellement. Je ne dois pas m'évanouir maintenant. »

Ses doigts trouvèrent la serrure. Elle poussa. Poussa encore.

Clic.

Elle retomba sur le plancher. Toussant. Crachant. Elle avait si mal. Elle n'arrivait plus à respirer. Elle devait sortir. Vite !

Elle ouvrit la porte. L'arrivée d'air alimenta le feu. Tout flambait et crépitait derrière elle.

Il manquait quelque chose. Quelque chose aurait dû se produire. Elle se traîna jusque sur le seuil. Ça n'avait pas d'importance. Elle ne voulait que respirer de l'air frais. Et la piscine. Passer de l'eau fraîche sur son visage.

Un étourdissement la submergea et l'empêcha d'aller plus loin.

— Babette, réveille-toi.

La voix de Max. Où était-elle ? Dehors. L'air frais sentait la fumée. Un barbecue ? Un pique-nique ?

Des sirènes ! Elle entendait des sirènes. Et le crépitement du feu. Elle sentait sa chaleur. Tout lui revint à l'esprit. Le feu. Sa fuite. Touffu.

— Touffu, murmura-t-elle. Où est Touffu ?

Un aboiement répondit à sa question. Le seul fait de parler déclencha une douleur aiguë dans sa tête. Elle porta la main à l'endroit douloureux. Ses cheveux étaient poisseux.

Elle se força à ouvrir les yeux. Elle était étendue sous un arbre, au-delà de la terrasse. Max était assis près d'elle. Elle aperçut, à la lueur dansante des flammes, un homme appuyé contre l'arbre.

— Ne parle pas. Mon père — Max fit un geste vers l'homme — dit que tu as une vilaine blessure à la tête.

Elle le regarda.

— Qu'est-ce que je fais ici ? ajouta Max en réponse à sa question muette. Je m'inquiétais pour toi. En sortant du cinéma, mon père et moi sommes venus voir si tout allait bien. Dieu merci ! Tu avais à peine réussi à sortir de la maison lorsque tu t'es évanouie. Les flammes étaient sur le point de t'atteindre. Pauvre Touffu. Il était comme fou.

Les sirènes s'arrêtèrent.

— Les secours sont arrivés. Ne t'inquiète pas.

Le père de Max s'éloigna de l'arbre.

— Je vais chercher de l'aide, dit-il.

Deux hommes arrivèrent presque aussitôt avec une civière. Ils examinèrent Babette, l'allongèrent sur la civière qu'ils glissèrent dans l'ambulance. Au moment où ils refermaient la porte à double battant, elle leva deux doigts à l'intention de Max, puis ferma les yeux et sombra dans l'obscurité.

Elle se réveilla dans un lit d'hôpital. À la clarté qui entrait par la fenêtre, elle comprit que c'était le jour. Ses parents et Daniel, en uniforme, étaient assis à côté du lit. Elle regarda le liquide qui coulait dans son bras, goutte à goutte, et porta la main à sa tête. Elle était entourée d'un gros bandage.

— Tout comme Léa, fit-elle.

Des larmes inondèrent les yeux de sa mère.

— Tu souffres d'une commotion cérébrale.

— Babette, dit son père.

Son visage était déformé, tourmenté.

— Nous aurions dû être là pour te protéger, mais ta grand-mère nous a appelés. Elle avait du mal à respirer et nous l'avons emmenée chez le docteur.

— Pauvre grand-maman. Elle va mieux ?

— Oui. Mais nous aurions dû être près de toi, dit-il encore.

— Ça ira. Ma tête me fait déjà beaucoup moins souffrir.

Ses parents échangèrent un regard avec Daniel.

— Qu'y a-t-il ? leur demanda-t-elle.

— Te souviens-tu de ce qui est arrivé ? l'interrogea son père.

La question lui remémora son cauchemar de la veille et la terreur qu'elle avait éprouvée.

— Le feu ? Oui. Je me souviens du bruit, de la chaleur. J'étais terrorisée. Et Touffu. C'est lui qui m'a fait reprendre conscience.

— Et avant ça ? Avant de t'évanouir ?

Babette ferma les yeux. Avant... avant de s'évanouir. Quelque chose l'avait frappée. Et juste avant... Moineau. Le souvenir, si soudain, provoqua une douleur si fulgurante qu'elle en fut éblouie.

— C'était Moineau. Il tenait une corde et une rose. Il s'avançait vers moi. Mais je ne me suis pas évanouie. Quelque chose m'a frappée. Qu'est-il arrivé à Moineau? Est-il resté prisonnier du feu?

Son père se leva et marcha vers la fenêtre.

— Moineau n'était pas là, Babette.

— Tu veux dire qu'il a réussi à sortir?

— Non, il n'était pas là.

— Papa, un homme s'est approché de moi, vêtu comme Moineau. Ça ne pouvait être que lui.

— Et le revolver? demanda Daniel.

— Le revolver? dit Babette en fronçant les sourcils. Celui que Claude m'a montré? Il était sur le manteau de la cheminée. Je n'y ai jamais touché. Pourquoi me posez-vous toutes ces questions?

Les battements de son cœur s'accélérèrent. Il se passait quelque chose qu'elle ne comprenait pas. Daniel lui prit la main.

— Babette, nous avons retrouvé un homme dans les décombres. Il a été tué d'un coup de revolver, et nous croyons que c'est cette arme qui l'a tué. Mais ce n'était pas Moineau. C'était Claude Cameron.

Chapitre 18

— Claude Cameron!

Le nom explosa dans la tête de Babette.

— Mais il était dans la métropole!

— Sa femme nous a dit qu'il avait oublié son porte-documents et qu'il était revenu le chercher.

«Pauvre Christelle, se dit Babette. Et Camille. Il me faisait peur, mais tout ça est si horrible.»

— Est-ce Moineau qui l'a tué?

Daniel caressa doucement sa main.

— Babette, nous avons fait un test de poudre sur tes mains, la nuit dernière. Ce test nous indique si une personne s'est récemment servie d'une arme à feu. Nous devions le faire, ajouta-t-il avec l'air de s'excuser.

— Tu n'as pas à t'inquiéter. Je n'y ai pas touché.

Daniel s'éclaircit la voix.

— Le test a prouvé le contraire, Babette.

Affolée, elle regarda tour à tour son père et sa mère. C'était impossible!

— Tu penses que j'ai tiré sur Claude Cameron!

Non, tu te trompes ! Ce n'est pas moi, je ne l'ai même pas vu ! Et puis, je n'aurais jamais pu faire une telle chose. Je t'ai expliqué ce qui s'était passé. Moineau était là et on m'a assommée.

Son cœur battait si fort qu'elle avait du mal à réfléchir.

— Dis-lui, papa, supplia-t-elle.

— Tu devrais partir, Daniel, intervint son père. Le médecin a dit qu'elle avait besoin de repos et de calme.

— Je suis désolé, Babette. Nous reparlerons de tout ça quand tu iras mieux.

Madame Trudel sonna une infirmière tandis qu'il sortait de la chambre.

— Pourquoi ne m'écoute-t-il pas ? demanda Babette, alors que chaque mot lui causait des élancements.

— Les policiers croient qu'en entrant chez lui, Claude t'a effrayée et que tu as tiré sur lui, expliqua son père. Tu t'es alors évanouie et ta tête a heurté la table. Le choc a fait tomber la lampe sur des papiers, ce qui a causé l'incendie. Tu as éprouvé un tel choc que tu as tout refoulé et oublié.

— Mais je me rappelle très bien ce qui s'est passé. Et je connais Claude. Ça ne pouvait pas être lui.

L'image de Moineau, le visage déformé et s'avançant vers elle, se forma lentement dans sa tête.

— Je ne pourrais pas décrire ses traits avec certitude, mais l'homme était habillé comme

Moineau. Pourquoi Claude aurait-il fait ça ?

Une infirmière entra, toisa tout le monde et dit :

— Elle doit se reposer.

Puis s'adressant directement à Babette :

— Comment va ta tête ?

— Elle me fait mal. Très mal.

L'infirmière injecta quelque chose dans le tube.

— Ça va te soulager.

Ses parents se levèrent et sa mère vint l'embrasser sur le front.

— Dors, dit-elle, et ne t'inquiète pas. Nous te croyons. Tout va s'arranger.

« Les gens pensent que je suis une meurtrière », pensa Babette.

Puis elle s'endormit.

Elle se réveilla alors que l'infirmier lui apportait son repas. Il redressa le lit pour qu'elle puisse s'asseoir. Après quelques étourdissements, elle se sentit mieux et, à sa grande surprise, réussit à manger son spaghetti, ses haricots verts et sa compote de fruits.

Nina, Kariane et Max entrèrent alors qu'elle finissait de manger.

— Je dois être horrible, dit-elle.

Au même moment, Kariane s'exclamait :

— C'est terrible !

Kariane, apercevant les regards de reproche de Nina et de Max, porta la main à sa bouche.

— Excuse-moi. Je dis toujours ce qu'il ne faudrait pas. C'est que... tu es toujours si parfaite.

Elle serra Babette entre ses bras. La jeune fille lui rendit son étreinte, malgré la douleur que ça lui causait. Kariane ne lui avait jamais fait un tel compliment.

— Elle est très bien, compte tenu de ce qu'elle a subi, dit Max.

Nina, qui ne voulait pas être en reste, plaisanta :

— Je te trouve superbe. Et au moins, tu es en vie !

— Les journaux disent que tu pourrais avoir tué Claude Cameron. Tu l'as tué ? renchérit Kariane.

— Kariane ! s'exclamèrent en chœur Nina et Max.

— Non ! s'écria Babette en même temps.

«Comment un journaliste avait-il pu écrire une chose pareille ?» se demanda-t-elle.

— J'ai encore fait une gaffe, n'est-ce pas ? fit Kariane en rougissant. Je ne crois pas que tu l'aies tué mais, si tu l'avais fait, je n'aurais pas pu te blâmer. Quelle idée de t'effrayer comme ça !

— Ce n'était pas lui, dit Babette. C'était Moineau. Il s'est d'abord avancé et quelqu'un m'a assommée. Je ne sais pas ce qui s'est passé ensuite.

Elle était fatiguée de raconter la même histoire. Max mit sa main dans la sienne et elle la serra très fort.

— Je n'ai même pas touché à cette arme. C'est quelqu'un d'autre qui l'a tué.

— Peut-être sa femme, suggéra Kariane, pour toucher l'assurance d'un million de dollars.

«Serait-ce ce qui avait tant perturbé Christelle, hier? se demanda Babette. S'apprêtait-elle à tuer Claude?»

— Camille était avec elle, leur rappela-t-elle. Comment s'y serait-elle prise?

— Ils étaient à l'hôtel, non? questionna Max. Les hôtels disposent de gardiennes d'enfants.

— Combien de temps dois-tu rester ici? demanda Nina.

— Seulement jusqu'à demain, enfin, j'espère.

— Tant mieux, parce qu'il me semble qu'un gros travail de détective nous attend.

— Comme dans les romans! fit Kariane, le regard scintillant.

— C'est ça, dit Nina, mais il s'agit de Babette et tout ça est bien réel. Nous devons la sortir du pétrin.

Max et Nina approchèrent des chaises et Kariane s'assit sur le lit, les pieds pendants.

— Recommence depuis le début, dit Nina à Babette.

Babette leur répéta comment Max avait trouvé la rose près de l'arbre, puis leur parla des roses que sa mère et elle avaient découvertes chez Moineau. Elle expliqua que Moineau l'avait suivie et qu'elle avait vu sa camionnette. Elle leur raconta ensuite ce qui s'était passé le vendredi soir, depuis le moment où sa mère l'avait déposée chez les Cameron.

— A-t-on relevé des empreintes sur le revolver? demanda Nina.

— Comment Christelle a-t-elle pu identifier le corps de Claude s'il était calciné ? interrogea Kariane.

— Comment Moineau a-t-il pu entrer alors que le système de sécurité était armé ? continua Nina.

Max sortit un stylo de sa poche, s'empara du napperon sous l'assiette vide de Babette et se mit à écrire.

— Nous avons des questions, expliqua-t-il. Il nous faut trouver les réponses.

— Les Cameron ont-ils demandé une gardienne ? À quel propos se sont-ils querellés ? Claude volait-il l'argent de madame Talbot ? Qui d'autre pouvait vouloir le tuer ? Comment Babette a-t-elle pu avoir de la poudre sur les doigts ?

Les questions tombaient si rapidement que Max dut arrêter tout le monde à deux reprises pour avoir le temps de les écrire.

— On devrait aller chez les Cameron, suggéra-t-il. Si les policiers ne te croient pas, Babette, ils ne chercheront aucun indice concernant Moineau ou tout autre personne. On trouvera peut-être quelque chose.

— Je ne suis pas sûre de pouvoir y retourner, murmura Babette.

La seule pensée de cette maison lui donnait la nausée.

— Ce n'est pas nécessaire, dit Nina en riant. Tu disposes de trois superlimiers pour faire le travail.

— Nina ! Tu ressembles à un vrai détective ! fit Kariane en gloussant de joie.

— Merci, Watson !

— Je ne m'appelle pas Watson !

— Sherlock Holmes, ça ne te rappelle rien ? lui dit Nina en haussant les sourcils.

— Oh oui ! s'exclama Kariane.

Une infirmière vint leur dire que Babette avait besoin de se reposer.

— Il est temps de partir, annonça-t-elle.

Kariane s'éloigna dans le couloir pour aller voir Léa. Sa sœur commençait à émettre des sons et à bouger. Le médecin croyait qu'elle pouvait se réveiller d'un moment à l'autre.

Max embrassa Babette, qui l'étreignit.

— Merci de me croire.

— Te croire ! Je vais te laver de tout soupçon, oui !

— Oh, Max ! tu ressembles à un vrai détective !

Le voyant sur le point de parler, elle leva la main.

— Et ne t'avise pas de m'appeler Watson !

Chapitre 19

Après le départ de ses amis, Babette s'allongea, épuisée. Le fait de leur avoir parlé avait repoussé ses craintes, mais elles l'assaillaient de nouveau. On la soupçonnait de meurtre, elle qui n'avait tué personne.

« Alors, comment cette poudre est-elle arrivée sur tes doigts ? » lui demanda une petite voix intérieure.

Elle ferma son esprit à cette pensée. Elle ne pourrait jamais tuer quelqu'un. Jamais.

« Pas même s'il avait voulu te tuer ? » poursuivit la voix.

« Je serais partie en courant m'enfermer dans la chambre pour appeler la police. Ou j'aurais ouvert la porte vitrée pour déclencher l'alarme. Mais, j'ai ouvert cette porte, et l'alarme ne s'est pas déclenchée. » Quelqu'un avait désarmé le système.

Claude !

Mais elle ne l'avait pas tué. Elle en aurait été incapable. Elle s'était évanouie.

« Et la poudre sur tes doigts ? »

Elle grogna. C'était un cercle vicieux. Tout ce dont elle était sûre, c'était d'être innocente.

Innocente, jusqu'à preuve du contraire.

N'était-ce pas ce que la loi disait ? Mais, selon ce que Daniel avait dit, tout l'accusait. Et les meurtriers sont mis en prison. Une sueur froide inonda son front. Elle ne voulait pas aller en prison.

Pourquoi tout ça s'était-il produit ?

« Quelqu'un s'est servi de moi, pensa-t-elle subitement. Quelqu'un a tué Claude et a tout maquillé pour faire porter les soupçons sur moi. On a essayé de me tuer, aussi. Moi morte, plus personne ne pouvait dire ce qui s'était réellement passé. Si Max ne s'était pas montré... mais il est venu. Alors, arrête de penser à tout ça, Babette ! »

Elle était certaine d'avoir armé le système correctement. Les voyants s'étaient allumés, indiquant que tout fonctionnait. Moineau avait dû se glisser à l'intérieur pendant qu'elle était à la piscine. À ce moment-là, seule la porte d'entrée était verrouillée. Elle aurait dû permettre à ce policier de jeter un coup d'œil dans la maison.

Ensuite, Claude était entré et avait surpris Moineau, qui l'avait tué et avait fait porter l'accusation contre elle. Il ne se doutait pas qu'elle s'échapperait de la maison en flammes et dirait l'avoir vu. C'était la seule explication plausible. Daniel devait la croire. Sinon, qu'allait-elle faire ?

Sa tête recommença à l'élancer. Elle n'arrivait plus à réfléchir. Elle sonna l'infirmière.

Le lendemain matin, elle souffrait moins et n'éprouvait qu'un mal de tête lancinant. Après qu'il l'eut examinée, le médecin insista pour la garder un jour de plus.

— Vous souffrez toujours d'une bonne commotion. Je préfère vous garder sous observation.

Après le repas de midi, ses parents et Daniel arrivèrent. Babette montra à ce dernier la liste de questions que Max avait préparée.

— Commençons par la première, dit Daniel. Les empreintes. Les seules empreintes relevées sur l'arme étaient les tiennes. Comment Christelle a-t-elle identifié son mari? Le corps était presque entièrement brûlé lorsque nous l'avons trouvé. Mais elle a reconnu sa montre en or, son alliance et la chaîne qu'il portait autour du cou. Nous avons même vérifié avec sa fiche dentaire. Claude n'a jamais eu le moindre plombage. Et le mort n'en avait pas non plus.

Daniel fit claquer ses mains sur ses joues.

— Quand je pense aux heures que j'ai pu passer dans le fauteuil du dentiste... Désolé. Je ne voulais pas m'écarter du sujet. La dernière question, à savoir comment Moineau est entré sans déclencher l'alarme, repose uniquement sur ta version des faits. Tu dis avoir armé le système. Claude l'aura désactivé avant d'entrer.

— Lorsque j'ai ouvert la porte vitrée, l'alarme ne s'est pas déclenchée, lui dit Babette. Donc Claude est arrivé après que je me suis évanouie.

Moineau a dû entrer avant que j'arme le système. Claude a dû le surprendre quand il était sur le point de m'attaquer. Moineau l'a tué et a fait porter les soupçons sur moi. Il devait penser que je mourrais dans l'incendie.

— Ça pourrait s'être passé ainsi, dit madame Trudel.

Daniel soupira.

— Dans ce cas, où était la camionnette de Moineau ? Mon agent ne l'a jamais vue et il a surveillé la maison à quatre reprises, cette nuit-là.

— Moineau est peut-être venu à pied.

— Quelqu'un l'aurait vu. Le vendredi soir, les gens du Vallon rentrent chez eux après leur journée de travail. Moineau n'aurait jamais pris un tel risque.

— Il a peut-être passé la journée caché dans les buissons en attendant l'occasion d'entrer dans la maison. Non... Tout ça n'a aucun sens. Il n'aurait pas attendu jusqu'à vingt et une heures trente pour m'attaquer.

— Que veux-tu dire par là ? fit Daniel en se redressant sur sa chaise.

— C'est à cette heure-là que je l'ai vu.

— En es-tu sûre ?

— Je venais de regarder ma montre. Pourquoi, quelle différence ça peut faire ?

— Mon agent m'a dit que la voiture de Claude était devant l'entrée à dix-neuf heures trente.

— C'est impossible.

— Ta mémoire te joue peut-être des tours. Tu as reçu un vilain coup sur la tête. Je suis désolé. Je ne souhaite rien de plus au monde que trouver un indice qui te disculpe. L'enquête aura lieu jeudi. Il en sortira peut-être quelque chose, mais...

— Mais tu n'en crois rien. Tu penses que j'ai tué Claude, n'est-ce pas ?

— Même si ce n'est pas le cas, tu es mon seul suspect, que ça me plaise ou non.

— Attends un peu, Daniel, lui dit Jacques Trudel, les mâchoires crispées de rage.

— Jacques, j'ai trois jeunes filles assassinées par le tueur à la rose sur qui je n'ai toujours pas mis la main. Et maintenant, un autre meurtre. Le maire me presse de résoudre cette affaire et d'arrêter le coupable. J'essaye de le faire patienter en espérant dénicher une preuve qui disculpera Babette. Mais je dois faire vite et je n'ai toujours rien trouvé.

— Ça va, papa, intervint Babette, sachant que blâmer Daniel ne résoudrait pas son problème. Peut-être que les réponses à ces questions lui donneront des idées.

— Je te ferai part de ce que j'apprendrai, lui dit-il en brandissant la feuille de papier.

— Une autre question, intervint madame Trudel. Pourquoi Moineau en aurait-il voulu à Babette ? À mes yeux, ça n'a aucun sens.

Après le départ de Daniel, ses parents discutèrent des renseignements qu'il leur avait fournis. Babette ne les écoutait que d'une oreille. Elle essayait de comprendre en quoi certains des arguments présentés la travaillaient. À une remarque de sa mère à propos du revolver, elle revit Claude en train de braquer l'arme vers la cuisine.

— L'arme aurait dû porter les empreintes de Claude, dit-elle à ses parents.

— Moineau les a peut-être effacées.

— Pourquoi ? Il portait des gants.

— Pouvait-il y avoir une autre personne ? questionna sa mère.

— Voilà ! cria Babette, ce qui provoqua un autre élancement dans sa tête. Je savais bien que ça ne collait pas. Qui m'a assommée ?

Sa mère posa une main sur son épaule.

— Tu ne dois pas t'exciter. Laisse-nous nous occuper de tout ça.

— Nous devrions te laisser te reposer, ajouta son père. Nous appellerons Daniel pour qu'il ajoute ces questions à sa liste.

Ils la quittèrent et Babette s'installa pour faire une petite sieste. Mais ses pensées tourbillonnaient dans sa tête. Jeudi, l'enquête aurait pour objet de déterminer ce qui s'était produit et qui était le coupable. Elle le savait pour avoir lu des romans policiers. Demain, ce serait lundi. Elle n'avait que trois jours pour découvrir ce qui s'était réellement passé.

Le soir, Nina, Kariane et Max vinrent lui rendre visite. Babette leur fit part de ce qu'elle avait appris.

— Nous sommes allés chez les Cameron, dit Kariane. La police a isolé le secteur au moyen d'un cordon, mais ça ne nous a pas arrêtés. Une aile de la maison est entièrement détruite. Tout est sale, il y a de la suie et de l'eau partout. Quant à l'odeur, n'en parlons pas.

— J'espérais trouver quelque chose, ajouta Max, mais les policiers ont passé la maison au peigne fin.

— Alors, où allons-nous, maintenant? demanda Kariane. Dans un endroit propre, j'espère.

— Il reste quelques jours avant l'enquête, reprit lentement Max. Je pense qu'on devrait essayer de trouver Moineau.

— Il doit avoir quitté la région.

— S'il voyage dans sa camionnette, les policiers pourront l'attraper. De plus, les journaux n'ont pas fait mention de ton témoignage. Il doit s'imaginer que tu as perdu la mémoire et que tu resteras un bon moment à l'hôpital.

— Mais où chercher? demanda Nina.

— Dans les stationnements, sur les routes secondaires, dans les granges abandonnées.

— Je dois travailler demain matin, dit Nina, mais je pourrai vous aider ensuite.

— Sonia est de retour? demanda Babette.

— Oui. Nous ouvrons la boutique après-demain. Sonia est tombée dans l'escalier, chez sa sœur, et elle s'est cassé le bras. Elle m'a demandé de m'occuper du magasin et de la marchandise. Je dois changer la vitrine. Je lui ai dit que je tenais compagnie à Léa et elle a offert de prendre ma place. Si tu es encore ici demain matin, elle passera sans doute te voir.

— C'est une bonne raison pour rentrer chez moi, dit Babette en riant.

Il était bon de rire.

— Je suis en congé demain, lança Max. Si le médecin te laisse sortir, on pourrait aller se promener et jeter un coup d'œil autour.

À neuf heures, le lendemain matin, le médecin autorisa Babette à sortir.

— Ni marathons ni *partys* pendant quelques semaines, lui dit-il.

Babette téléphona à Max.

— Je peux sortir. Je serai prête dans une heure.

Après avoir raccroché, elle appela sa mère et lui annonça la nouvelle.

— Max vient me chercher.

— Tu viens directement à la maison pour te reposer.

— Oh! Maman! Le médecin m'a simplement dit de ne pas faire d'efforts. Max m'emmène juste faire une petite balade. Je suis enfermée depuis des jours, j'ai besoin de sortir.

— Tu n'en feras pas trop, quand même?

— Non. Si je me sens fatiguée, je rentrerai à la maison, c'est promis.

— D'accord, fit sa mère en soupirant..

Lorsque l'infirmière vint changer son pansement, Babette remarqua qu'une partie de sa tête avait été rasée.

— Je suis horrible, marmonna-t-elle.

— Tes cheveux repoussent déjà, lui dit l'infirmière.

Babette toucha son crâne rasé et sentit les minuscules repousses. Elle n'avait jamais apprécié la couleur de ses cheveux, mais c'était tout de même mieux que pas de cheveux du tout. Elle appela Nina et fut ravie de la trouver chez elle.

Lorsque Babette lui eut expliqué son problème, elle lui dit:

— Je vais t'apporter un chapeau!

— Fais vite! Max sera là dans une demi-heure.

Elle prit sa douche et lava ses cheveux avec l'aide de l'infirmière. La veille, sa mère lui avait apporté des vêtements propres. Babette les enfila. Elle appliquait du mascara sur ses cils lorsque Nina fit irruption dans la chambre, un chapeau de paille à la main.

— C'est à ma mère, dit-elle.

Babette le posa soigneusement de façon à cacher son bandage.

— Je ressemble à une fermière qui s'apprête à aller au champ.

— Ma mère le porte pour vaquer dans le jardin. Enlève-le! Les gens auront plus de compassion pour toi.

Max entra dans la chambre et Babette attendit

de voir sa réaction. Il la serra dans ses bras et frotta sa mâchoire sur sa tête.

— Tu devrais te raser, lui fit-il en souriant.

L'infirmière arriva avec un fauteuil roulant.

— Règlement de l'hôpital, dit-elle à Babette lorsque la jeune fille insista pour marcher.

Elle s'assit et Max la poussa hors de la chambre.

— Pourquoi ne pas passer voir Léa? proposa-t-elle. Je suis triste de ne pas avoir pu lui faire la lecture.

Nina regarda sa montre.

— Tu es sûre? Sonia est déjà près d'elle.

— Ça ira, dit Babette. Après une minute, je lui dirai que je me sens étourdie.

Ils prirent l'ascenseur et descendirent à l'étage de Léa. Le policier les ayant autorisés à entrer, Max ouvrit la porte.

Chapitre 20

La scène qu'ils découvrirent dans la chambre était étrange. Sonia se tenait à la tête du lit, à moitié couchée sur un oreiller qui cachait le visage de Léa. Sonia jeta un coup d'œil vers la porte. Surprise, elle écarquilla les yeux.

Pendant un instant, ils restèrent là à se regarder. Babette fut la première à réagir.

— Elle étouffe Léa ! hurla-t-elle.

Devançant Babette, Max bondit sur Sonia. Celle-ci lui envoya un coup de poing qui atteignit le jeune homme à la bouche. Il tomba, la lèvre en sang.

— À l'aide ! cria Babette au policier assis dans le couloir.

C'était au tour de Nina de se battre avec Sonia. Tandis que Max sautait sur le dos de Sonia, Babette se précipita pour écarter l'oreiller du visage de Léa qui chercha à reprendre son souffle.

— Que se passe-t-il ? demanda le policier sur le pas de la porte.

Nina, Max et Sonia luttaient toujours. Le sang du jeune homme tacha le chemisier de Sonia.

— Écartez-vous d'elle, les jeunes! cria l'agent.

Le brusque recul de Max et de Nina stupéfia Sonia. Elle regarda le policier.

— Arrêtez-les, dit-elle, le souffle court. Ils m'ont attaquée.

Ils se mirent tous à parler en même temps. Une main se crispa sur celle de Babette. Elle baissa les yeux et vit Léa qui s'agrippait à elle. La jeune fille avait ouvert les yeux!

— Léa! Tu es réveillée! s'écria Babette.

— C'est Sonia, le tueur à la rose! dit Léa d'une voix rauque.

Avant que Babette eut pu réagir, Sonia hurla et bondit sur le lit. Cette fois, le policier la ceintura et lui passa les menottes.

Un médecin et une infirmière entrèrent en courant dans la chambre. Babette se tenait près du lit, la main de Léa dans la sienne. Derrière elle, elle entendit parler le policier.

— Vous avez le droit de garder le silence. Tout ce que vous direz pourra être retenu contre vous...

Le médecin se pencha vers Léa et l'examina.

— Elle revient de loin, dit-il enfin.

— Appelez Kariane, dit Léa d'une voix âpre.

— Vous semblez avoir besoin d'un adoucissant pour la gorge, fit le médecin.

Soulevant la tête de Léa, l'infirmière lui donna une gorgée d'eau.

— Elle doit se reposer.

L'infirmière aida Max à nettoyer sa lèvre blessée.

— Je ressemble à un ballon, se moqua-t-il en ouvrant et en fermant la bouche.

Babette s'assit dans le fauteuil roulant.

— Allons téléphoner à Kariane, dit-elle.

Après avoir parlé à la jeune fille et l'avoir calmée un peu, ils se dirigèrent tous les trois vers le stationnement. Ils s'assirent dans le gazon, à l'ombre d'un arbre.

— Je n'arrive pas à y croire, dit Nina pour la millième fois. Sonia, le tueur à la rose !

— C'est logique, dit Babette, qui n'avait cessé d'y penser depuis qu'ils avaient quitté Léa. Les filles auxquelles elle s'attaquait auraient toutes pu être mannequins. Elles étaient jeunes et belles, comme Sonia l'avait été. Et regarde comme elle était furieuse de constater que des femmes de son âge poursuivaient leur carrière de mannequin. Elle était jalouse et n'arrivait pas à se maîtriser.

Nina hocha la tête.

— Crois-tu qu'elle soit folle ?

— C'est sans doute ce que Sonia va prétendre, dit Max.

— Babette, fit Nina, si Sonia est le tueur à la rose, que fait Moineau dans tout ça ?

Les noms de Moineau et de Sonia tournoyaient dans la tête de Babette depuis que Léa avait identifié son agresseur. Sonia ne s'en prenait qu'aux

172

mannequins. Elle n'avait rien à voir avec la personne qui avait abandonné la rose rouge près de chez Babette. Maintenant, la question qu'avait posée sa mère à propos de l'intérêt que Moineau pouvait porter à Babette prenait toute son importance et pouvait, seule, leur permettre de comprendre ce qui s'était passé le vendredi soir.

Babette avait vu des films concernant des individus souffrant d'obsession. Moineau était peut-être obsédé à cause de la guerre. Mais pourquoi s'en prendre à elle tout d'un coup, alors qu'elle le connaissait depuis tant d'années ?

Max se leva, interrompant ainsi sa réflexion. Il lui tendit la main pour l'aider à se relever.

— Allons découvrir ce que Moineau vient faire dans cette histoire, dit-il.

Nina se leva à son tour.

— Je viens seulement de réaliser que je n'ai plus d'emploi. Zut. Je devrais peut-être aller travailler au restaurant de ma mère, après tout.

— Et moi, à la pharmacie, renchérit Babette en haussant les épaules. Eh ! On pourrait faire un échange ! J'irai travailler pour ta mère et toi, pour mon père.

— Bonne idée, fit Nina.

Après avoir quitté Nina, Babette s'étendit sur le siège de la voiture. Max fit le tour des stationnements de la ville. N'ayant obtenu aucun succès, il s'arrêta pour acheter des hamburgers. Babette et lui les mangèrent en roulant vers la campagne pour inspecter les granges et les cabanes abandonnées. Il faisait chaud, et Babette luttait pour rester éveillée. Mais finalement, elle s'endormit.

La voix excitée de Max la tira de son sommeil. Elle regarda autour d'elle, essayant de s'orienter. Ils avaient quitté Saint-Clément. Max avait stationné la voiture le long d'une route qui s'élevait bien au-dessus de la rivière. Par la vitre ouverte, Babette percevait à peine le bruit du courant au loin.

— Je suis monté jusqu'ici pour avoir une meilleure vue des routes secondaires. Et je me suis arrêté pour m'étirer.

Il lui ouvrit la portière.

— Viens, j'ai quelque chose à te montrer.

Sa lèvre enflée déformait son sourire.

Il la prit par la main et l'entraîna au bord de la falaise qui surplombait la rivière. Il lui indiqua, en bas, une carcasse de métal rouge toute tordue, à moitié enfouie dans les broussailles.

— On a peut-être trouvé la camionnette de Moineau. J'espère qu'il n'est pas dedans.

— Allons en parler à Daniel.

Une demi-heure plus tard, ils sortaient du poste de police. Daniel avait envoyé deux agents examiner l'épave. Il avait promis d'appeler Babette dès qu'il en saurait plus. Max la raccompagna chez elle.

À l'intérieur, Touffu bondit pour accueillir sa maîtresse. Elle alla rejoindre ses parents qui mangeaient sur la terrasse. Elle s'assit et passa ses bras autour du cou de Touffu.

— Tu es un bon chien.

Touffu lui donna de grands coups de langue.

— Hier soir, pour le remercier, je lui ai offert un steak, avoua son père.

— Tu parais épuisée, remarqua sa mère en la regardant, avant de lui verser un verre de limonade.

Babette avala une longue gorgée du liquide froid. Elle se laissa aller contre le dossier de sa chaise, le cœur battant.

— Je ne me suis jamais sentie si fatiguée ni si déconcertée.

Elle leur parla alors de Sonia et de leur découverte de la camionnette accidentée.

— Pourquoi ne m'as-tu pas appelée plus tôt pour m'en parler ? la gronda doucement sa mère.

— Excuse-moi, mais tout s'est passé si vite et nous voulions sortir de cet hôpital.

Sa mère fronça les sourcils.

— Nous avons de nouvelles pièces du casse-tête, mais je ne vois pas où elles vont.

— Sonia, le tueur à la rose ? marmonna son père. Elle a assassiné ces jeunes filles et tu as été si souvent dans sa boutique... si près d'elle...

Il secoua la tête.

— Quand on y pense, c'est épouvantable !

— Nina aussi y était, dit la mère de Babette, et elle était le genre de filles auxquelles le tueur s'en prenait.

— Daniel prétend que les tueurs en série n'attaquent généralement pas les personnes qu'ils connaissent, leur dit Babette.

— Mais elle connaissait Léa.

— Elles se saluaient, sans plus. Croyez-moi, je suis heureuse d'avoir passé tant de temps dans cette boutique, à parler avec Sonia !

Sa mère lui apporta du fromage et des bâtonnets de carotte dans une assiette. Babette grignota un bout de carotte. La fatigue la terrassait.

— Je ne peux rien avaler, dit-elle. Je vais aller me coucher.

Le lendemain matin, la sonnette de la porte d'entrée et les aboiements de Touffu la tirèrent de son sommeil. Elle entendit sa mère parler avec Daniel dans l'entrée. Elle s'habilla et alla dans la cuisine, où sa mère et le nouvel arrivant prenaient un café.

Babette se joignit à eux. Elle avait une foule de questions à poser à Daniel, à propos de Moineau et de Sonia, mais elle avait peur de commencer. Plus la situation évoluait, plus elle paraissait coupable.

Sa mère poussa vers elle une assiette remplie de beignets.

— Daniel nous apporte les dernières nouvelles, fit-elle.

Babette prit un beignet, le posa sur une serviette et se lécha le bout des doigts.

— Je viens de dire à ta mère que la camionnette

était bien celle de Moineau. Il n'était pas à l'intérieur.

Babette poussa un soupir de soulagement. Malgré tout ce qui s'était passé, elle ne souhaitait pas la mort de Moineau.

— Comment est-elle arrivée là ?

— Aucune idée. Le plus étrange, c'est que tout a été essuyé pour faire disparaître les empreintes.

— Pourquoi Moineau aurait-il fait ça ? Et pour quelle raison aurait-il détruit sa camionnette ?

— J'aimerais bien le savoir. Cette affaire, qui semblait claire, se complique d'heure en heure.

Babette comprenait ce qu'il voulait dire. Chaque certitude était balayée par un nouvel événement. Comme Sonia, et non Moineau, qui était le tueur à la rose.

— Et à propos de Sonia ? se hasarda-t-elle.

— Sonia ? Elle a d'abord bredouillé avoir sauvé ces filles qui voulaient poursuivre, comme elle, une carrière de mannequin. Elle a ensuite dit en pleurnichant avoir dû se débarrasser de ces jeunes mannequins qui lui volaient son travail. Elle s'imaginait sans doute pouvoir faire disparaître toute une génération de belles filles. Selon moi, elle est complètement cinglée. Je suis heureux qu'elle ait été arrêtée.

Il prit une gorgée de café.

— J'aurais dû suivre mon instinct au lieu de partir à la recherche de Moineau.

— Que veux-tu dire ?

177

— Les roses rouges. Ce n'était pas la bonne couleur. Les fleurs laissées sur le corps des victimes étaient roses, expliqua-t-il en sortant un papier de sa poche. J'ai quelques réponses à tes questions.

Babette prit une bouchée de beignet. «Nous y voilà.» C'était peut-être sa dernière chance de comprendre toute cette affaire.

— Les Cameron ont demandé une gardienne d'enfant dans la métropole. Madame Cameron a dit qu'en allant au restaurant, son mari a constaté avoir oublié son porte-documents. Elle est allée au cinéma pendant qu'il revenait à Saint-Clément.

— Peut-elle le prouver? demanda la mère de Babette.

— Au restaurant, personne ne se souvient d'elle, mais l'endroit est très fréquenté. Madame Cameron nous a décrit le film qu'elle prétend avoir vu, mais il était à l'affiche au cinéma de Saint-Clément la semaine dernière. Ça ne signifie donc pas grand-chose.

— Elle n'a donc pas d'alibi.

— C'est ce que nous examinons. Ta question suivante, dit-il en lui souriant, concernait leur dispute possible. Selon madame Cameron, il n'y a jamais eu de dispute. Elle s'était coincé le doigt dans une porte et avait les yeux rouges d'avoir pleuré de douleur.

— Elle ment! J'ai vu à quel point elle était bouleversée.

— Peut-être. Mais, s'il y a eu une dispute, il

n'y a pas de raison qu'elle ait eu quelque chose à voir avec le meurtre.

À ce mot, Babette sentit son sang se glacer.

— Le cas concernant le détournement d'argent de Claude est plus compliqué. Madame Talbot a engagé un homme pour qu'il vérifie les livres comptables. Comme il s'agissait du compte de Claude Cameron, sa femme a demandé un délai pour tout mettre en ordre.

Il s'appuya contre le dossier de sa chaise.

— Question suivante, qui pouvait souhaiter la mort de Cameron ? La réponse est très intéressante. Nous avons appris ce matin qu'il avait acheté quatre polices d'assurance vie d'un million de dollars chacune. Toutes au bénéfice de sa femme.

— Quatre ! répéta Babette, le souffle coupé.

Avec tout cet argent, Christelle n'aurait plus besoin de voler. Camille et elle pourraient s'offrir tout ce qu'elles voudraient. Et encore plus. Mais les polices d'assurance vie coûtent très cher. Pour quelle raison aurait-il dépensé autant d'argent ?

— Ça me semble un bon mobile, dit madame Trudel. Une querelle, pas d'alibi. Elle avait sa voiture. Elle aussi aurait pu revenir à Saint-Clément.

— Oui, ajouta Babette, le cœur battant à tout rompre. M'assommer, tuer Claude et repartir dans la métropole.

Il était cependant difficile d'imaginer Christelle affronter son mari. Ou Claude la laisser faire.

Babette avait eu l'impression qu'il menait Christelle par le bout du nez.

— Mon agent n'a pas vu sa voiture, cette nuit-là.

Ses mots eurent l'effet d'une douche froide.

— Et ça ne répondrait pas à la dernière question concernant les traces de poudre sur tes mains, continua-t-il.

Babette frotta instinctivement ses mains sur son short, comme si elle voulait faire disparaître cette preuve. En voyant Daniel qui l'observait, elle s'arrêta et prit son beignet pour dissimuler sa gêne.

— Il doit y avoir une explication, dit-elle. En dehors de celle qui m'incrimine, j'entends.

Chapitre 21

Après le départ de Daniel, Babette prit un autre beignet et ouvrit le journal. Elle éprouvait le besoin de penser à autre chose qu'à Moineau et au meurtre. Elle feuilleta le quotidien, à la recherche des bandes dessinées. Elle s'arrêta brusquement. Ses yeux tombèrent sur la notice nécrologique de Claude Cameron. Elle savait qu'elle devrait éviter de la lire, mais elle ne put s'en empêcher. Aux mots « ... et laisse dans la douleur sa femme, Christelle, et sa fille, Camille », elle sentit son cœur se serrer.

« C'est bien réel, se dit-elle. Jusqu'à maintenant, j'avais du mal à y croire. Aurais-je pu le tuer ? Qu'arrivera-t-il si je l'ai fait ? »

L'entrefilet soulignait que les funérailles auraient lieu mercredi matin. Devrait-elle y aller ? Elle voulait dire à Christelle combien elle était désolée et qu'elle n'avait pas tué Claude. Mais elle ne pourrait pas le faire à ce moment-là. Et Camille ? Lui a-t-on dit que Babette avait tué son père ? À cette pensée, son estomac chavira et, tout étourdie, elle posa la tête sur le journal.

Elle sentit alors les mains de sa mère lui masser les épaules pour apaiser sa tension.

— Nous allons nous en sortir, lui dit sa mère.

Les yeux de Babette s'embuèrent de larmes qu'elle chassa d'un battement de paupières. Ce n'était pas le moment de s'apitoyer.

— J'aimerais tant savoir par où commencer.

Sa mère posa un stylo et du papier sur la table.

— Inscris tous les détails. Tu remarqueras peut-être si tu as oublié quelque chose.

Babette réfléchit un instant, prit le stylo et commença à écrire :

1) *Quelqu'un laisse une rose dans le jardin.*
2) *Léa est attaquée.*
3) *Moineau disparaît.*
4) *On découvre des roses chez Moineau.*
5) *Sa camionnette me suit.*
6) *Chez les Cameron, Christelle pleurait.*
7) *J'ai armé le système de sécurité vers dix-huit heures.*
8) *Le policier a vu la voiture de Claude à dix-neuf heures trente.*
9) *Touffu aboie vers vingt et une heures trente.*
10) *Moineau s'avance.*
11) *Je reçois un coup sur la tête.*

Elle leva la main et toucha son bandage.

12) Claude est assassiné.

13) J'échappe au feu, l'alarme ne se déclenche pas.

14) On trouve la camionnette de Moineau.

Elle relut sa liste.

— Pourquoi Moineau aurait-il prétendu être le tueur à la rose ? Pour m'effrayer ? S'il avait voulu me tuer, il aurait pu le faire après avoir tué Claude. Mais s'il n'était pas le tueur à la rose, pourquoi a-t-il disparu après que Léa eut été attaquée ?

Elle tapota la huitième remarque du bout de son stylo.

— Qu'a fait Claude entre dix-neuf heures trente et vingt et une heures trente ?

Elle fixa la feuille de papier.

— Ça ne sert à rien.

Elle lança le stylo sur la table, découragée.

— Voilà que de nouveau je m'apitoie sur mon sort.

Le téléphone sonna. Babette se cramponna au combiné comme à une bouée de sauvetage. C'était Max. Elle lui fit part de sa frustration.

— Mon père n'a pas besoin de moi, dit-il. J'arrive. À nous deux, on trouvera peut-être quelque chose.

L'aboiement de Touffu annonça l'arrivée de Max. Lorsque Babette le fit entrer, il lui demanda :

— Combien de fois devrais-je venir ici avant que Touffu s'habitue à moi ?

Elle éclata de rire. Max avait le don de chasser les ombres.

— Probablement toute ta vie ! Moineau est la seule personne contre qui il n'a jamais aboyé.

Les mots restèrent suspendus dans l'air.

— Max ! dit-elle d'une voix étouffée. Tu réalises ce que ça signifie ?

Les sourcils froncés, il secoua la tête. Elle le prit par la main et l'entraîna dans la cuisine. Ses bras étaient couverts de chair de poule. Elle pointa du doigt le papier sur la table.

— Lis la première ligne. «Quelqu'un laisse une rose...» Tu te souviens comme Touffu aboyait ? Il n'aboie jamais après Moineau.

Entre les lignes 1 et 2, elle inscrivit «Touffu aboie».

— Quelqu'un d'autre que lui était donc caché dans l'ombre.

Elle lut la neuvième ligne «Touffu aboie vers vingt et une heures trente», ajouta la remarque «Touffu n'aboie jamais après Moineau» et tapota le papier.

— La personne qui était dans la maison n'était pas Moineau.

Chapitre 22

— Babette, dit Max, tu viens simplement de prouver ce que la police a toujours dit.

— Non. Eux disent qu'il n'a jamais été là. Moi j'ai dit avoir vu une personne vêtue comme lui.

Elle pensa à cette nuit-là. Sa mémoire n'avait pas faibli.

— C'est pour ça que son visage m'a paru déformé. L'intrus avait sans doute un bas de nylon sur le visage. Mais qui était-ce ? Quelqu'un capable de désarmer le système de sécurité, continua-t-elle, répondant à sa propre question. Christelle. Mais elle n'est pas assez grande pour ressembler à Moineau. Claude, oui. Disons donc que Claude se fait passer pour Moineau.

— Mais pourquoi ?

Babette mâchonna le bout de son stylo.

— Au cas où je survivrais à l'incendie. Les policiers penseraient, ce qu'ils font d'ailleurs, que j'ai inventé toute cette histoire.

— Mais pourquoi Claude aurait-il voulu mettre

le feu à sa maison ? Et qui l'a tué ?

— Christelle était sans doute avec lui. Elle l'aura tué pour toucher l'assurance.

Il passa un bras autour des épaules de la jeune fille en soupirant.

— Babette, ça ne tient pas debout. Comment Christelle serait-elle repartie ? La voiture de Claude était toujours là lorsque mon père et moi sommes arrivés.

— Elle aurait pu revenir dans sa propre voiture et le surprendre.

— Alors, pourquoi l'agent n'a-t-il pas vu sa voiture ?

— Quand il est passé vers dix-neuf heures, ils étaient peut-être partis dans sa voiture pour discuter de leur querelle. Elle l'a tué, tiré jusque dans la maison et...

Remarquant le regard de Max, elle s'arrêta et enfouit son visage contre sa poitrine.

— Une autre pièce du casse-tête qui ne va nulle part.

Le lendemain matin, Babette noua un foulard en soie sur sa tête pour cacher son bandage.

« Ce n'est pas du tout mon style », se dit-elle en fronçant les sourcils devant le miroir.

Suivant le conseil de sa mère, elle avait décidé de ne pas assister aux funérailles de Claude mais d'aller voir l'enterrement, au cimetière.

— Tu peux rester à l'écart, lui avait dit sa mère.

Personne ne remarquera ta présence.

Babette savait qu'il était sans doute ridicule d'y aller, mais elle voulait s'assurer que Christelle et Camille allaient bien. Pour Christelle, la mort de Claude devait représenter la fin du monde. À moins qu'elle ne l'ait tué.

«C'est pour ça que tu dois y aller, se dit-elle subitement. Pour voir si elle a l'air coupable.»

Et pour voir Camille.

Nina tenait à y aller, elle aussi. Elle avait toujours apprécié Christelle, en dépit de ses vols. Babette passa la prendre et elles roulèrent jusqu'au cimetière.

Il s'étirait sur l'un des contreforts peu élevés en bordure de Saint-Clément. En franchissant les portes en fer forgé, Babette contempla la vaste étendue ensoleillée, ponctuée de vieux arbres et de pierres tombales, véritables mesures du temps qui passe. Les familles fondatrices de Saint-Clément possédaient des sections du cimetière au sommet de la colline. Sur le monument des Trudel, Babette aurait pu retracer toute sa famille jusqu'à ses arrière-grands-parents. De l'endroit où elle se tenait, elle voyait le grand sapin centenaire qui ombrageait la tombe de sa grand-mère.

Un jour, elle aussi serait peut-être enterrée dans ce cimetière. Ses enfants et ses petits-enfants viendraient se recueillir sur sa tombe. Ses visites au cimetière lui faisaient toujours réaliser à quel point elle faisait partie d'un tout.

Elle continua de rouler jusqu'à la section la plus récente et stationna sa voiture au bord de la route. L'air sentait bon le gazon fraîchement tondu. Elle entendait au loin le bruit d'une tondeuse. Plusieurs papillons voletaient, attirés par les fleurs déposées sur les tombes.

Nina et elle s'assirent sur des pierres tombales en attendant le cortège funèbre. Elles restèrent à l'écart lorsque la quarantaine de parents et amis avancèrent vers une tombe ouverte. Parmi les personnes présentes, Babette aperçut le maire, le père de Kariane et Daniel Riel, dans son uniforme. Christelle, toute vêtue de noir, se tenait derrière le cercueil avec Camille. Les cheveux de la fillette brillaient comme de l'or au soleil. Elle portait la robe rose à volants dans laquelle Babette l'avait vue la dernière fois.

« Sa plus jolie robe pour l'enterrement de son père », se dit-elle, les yeux embués de larmes.

Un voile noir cachait le visage de Christelle qui, la tête baissée, regardait le sol. Camille, le visage sérieux, jetait des coups d'œil autour d'elle.

Babette recula derrière Nina pour que la fillette ne la voie pas. Trop tard. Le visage de Camille s'illumina. Elle s'éloigna de sa mère et se faufila parmi la foule. Christelle tourna la tête, puis salua rapidement Nina de la main.

« Christelle pense que Camille vient voir Nina », se dit Babette.

En s'accroupissant pour accueillir Camille,

Babette posa un doigt sur ses lèvres pour lui indiquer de parler à voix basse. La fillette lui jeta les bras autour du cou.

— Tu me manques.

«Christelle ne lui a rien dit à mon propos», pensa Babette, les larmes aux yeux.

— Je suis désolée pour ton papa.

Camille recula et tapota l'épaule de la jeune fille.

— Ne t'en fais pas, Babette. Maman dit que nous serons bientôt réunis.

Que voulait dire Christelle?

— Nous allons déménager très loin, continua Camille en lui prenant la main. Maman dit que c'est un secret. Tu ne diras rien, n'est-ce pas?

Babette se demanda quoi répondre. Elle ne voulait pas mentir à Camille, mais que ferait-elle si la nouvelle se révélait importante?

— Pas à moins d'y être obligée, répondit-elle.

La fillette hocha la tête d'un air entendu.

«Elle comprend sûrement, se dit Babette. Les petites filles, elles non plus, ne peuvent pas toujours garder leurs secrets.»

— Je dois apprendre une nouvelle langue, comme ça: *Si, si*. Ça veut dire oui.

Si était un mot espagnol. Pourquoi partaientelles dans un pays où l'on parle espagnol?

— Maman dit que je dois aussi me choisir un nouveau nom. Celui que je veux.

Elle haussa les épaules et se balança d'avant en arrière sur ses jambes.

— Je ne veux pas changer de nom. Mais je pourrais choisir Babette, c'est mon nom préféré... après Camille. Tu es d'accord?

— Christelle la cherche, chuchota Nina.

Babette réalisa soudain que le prêtre avait commencé à parler. Elle serra Camille dans ses bras.

— Va voir ta maman.

Lorsque Camille eut rejoint sa mère, Babette se redressa.

— Je retourne à la voiture, dit-elle à Nina.

Elle avait besoin de réfléchir à ce que la fillette lui avait dit.

Dans la voiture, elle ouvrit la boîte à gants et en sortit la liste qu'elle avait préparée la veille. Au bas de la page, elle ajouta: *Christelle dit qu'ils seront bientôt tous réunis. Dans quel pays?*

Comment leur famille pourrait-elle être de nouveau réunie si Claude était mort? Christelle avait identifié le corps. Pourrait-elle avoir menti? Oui, mais la fiche dentaire avait confirmé ses dires. Claude avait des dents parfaites, comme Moineau.

Babette retint son souffle. Elle revoyait Moineau parler à sa mère. « Mon père est dentiste dans la métropole, lui avait-il dit en souriant. Je devais avoir des dents parfaites. »

Elle sentit sa poitrine se serrer. Et s'ils n'étaient pas en train d'enterrer Claude? Et si c'était Moineau qui était étendu dans ce cercueil?

Ses pensées tournaient de plus en plus vite. « Claude tue Moineau et s'enfuit dans un pays étranger avant de se faire prendre pour détournement de fonds et Christelle touche quatre millions de dollars. Ils se sont servis de moi», se dit-elle, en colère cette fois.

Elle se rappela le jour où elle avait rencontré Claude, lorsqu'il avait dit: «Elle conviendra parfaitement.» Pas étonnant qu'elle ait eu la chair de poule. Il prévoyait déjà la tuer. Et Moineau. Ils avaient tué Moineau!

Était-ce Christelle qui l'avait frappée cette nuit-là? Comment Claude et elle avaient-ils détruit la camionnette de Moineau? Elle aurait bientôt les réponses à ces questions.

Elle regarda les personnes assemblées dans le cimetière. Elles commençaient à se séparer, certaines s'éloignaient en marchant. Elle bondit hors de la voiture. Daniel Riel venait d'atteindre la sienne.

Elle courut vers lui en brandissant sa feuille de papier.

— Daniel! Daniel! J'ai quelque chose à te dire!

Chapitre 23

Le jeudi matin, Daniel convoqua Babette et ses parents au poste de police. Ils s'assirent autour de son bureau. Un agent apporta du café et un *Coke* pour Babette.

— L'enquête a été reportée, leur dit Daniel. Christelle Cameron se trouve dans une cellule, en bas. J'ai longuement parlé avec elle pour tirer cette affaire au clair.

— Comment est-elle ? demanda Babette.

— Plutôt déprimée, mais prête à parler de ce qui s'est produit. Je ne pense pas qu'elle soit à l'origine de tout ça. J'ai l'impression que seul ce que Claude disait comptait dans cette famille.

« Pauvre Christelle, se dit Babette. C'est peut-être pour cette raison qu'elle volait. Elle aurait pu se faire prendre et se sortir de cette situation. Maintenant, il est trop tard. Que va-t-il lui arriver ? Et à Camille ? »

— Que devient Camille ? s'enquit Babette.

— Une de nos gardes s'occupe d'elle jusqu'à

ce que nous prenions une décision. Christelle a de la famille dans les environs. Ils pourraient accueillir la petite.

«Je ne la verrai plus jamais.» Cette pensée lui fut aussi douloureuse qu'un choc physique.

— Camille doit être effrayée.

Son père approcha sa chaise du bureau.

— Certains détails m'échappent encore. Moineau est-il vraiment mort cette nuit-là?

— Oui, dit Daniel. Nous avons de nouveau examiné le corps. Plus attentivement, cette fois. Nous avons trouvé des éclats dans l'une de ses jambes. Le père de Moineau nous a dit que son fils avait été blessé à la guerre, ce que nous a confirmé son dossier médical.

— Pauvre gars, dit Jacques Trudel.

Daniel hocha la tête.

— Toute l'histoire remonte bien avant cette fameuse nuit. Elle a commencé lorsque les Cameron se sont mis à détourner les fonds de leurs clients. Claude Cameron avait prévu soutirer le plus d'argent possible avant de quitter le pays. Ils avaient fixé leur départ vers la fin de l'été. D'ici là, ils auraient amassé plusieurs millions, sans compter l'assurance.

Il prit une gorgée de café et repoussa sa tasse.

— On dirait qu'ils l'ont fait bouillir. Puis, appuyant sur une touche de son téléphone, il demanda qu'on apporte trois autres *Cokes*.

— Mais madame Talbot a commencé à le soupçonner, reprit Daniel. Claude savait qu'il ne disposait que de quelques semaines avant qu'elle ne découvre la vérité. Ils devaient agir rapidement s'ils ne voulaient pas tout perdre.

— C'est à ce moment-là que j'entre en scène, fit Babette en dessinant de petits cercles sur sa canette de *Coke*.

Daniel hocha la tête.

— Claude était un homme cupide. Il avait acheté ces polices d'assurance au cours des six derniers mois. Je pense qu'il avait prévu se servir de toi depuis le début. De toi et de Moineau.

— Pauvre Moineau, fit Josée Trudel.

— Ce n'est pas juste, dit Babette. Moineau a gâché sa vie dans l'armée et il s'est fait tuer par Claude Cameron.

Une pensée terrifiante la frappa.

— Je ne l'ai pas tué, n'est-ce pas? Je veux dire, avec cette poudre sur mes mains...

Daniel fit non de la tête.

— Voici ce qui s'est passé, selon Christelle. Claude a enlevé Moineau lorsqu'il est passé prendre les déchets recyclables, une semaine avant la fameuse nuit. Claude a caché la camionnette dans le garage. Il a ensuite forcé Moineau à téléphoner à son père ou il l'aura fait lui-même. Puis il l'a drogué, attaché et séquestré dans le garage.

— Tu veux dire qu'il y était pendant que je travaillais dans la maison? J'aurais pu le sauver?

— Tu ne pouvais pas le savoir, lui dit sa mère en tapotant sa main.

Mais ces paroles n'apaisèrent pas la jeune fille.

— Claude a déposé les roses chez Moineau pour nous faire croire qu'il était le tueur à la rose et qu'il s'était enfui. Il s'était procuré les fleurs à la soirée de la Saint-Valentin du club Rotary que sa femme et lui étaient chargés d'organiser.

Il se leva et fit quelques pas dans la pièce tout en parlant.

— Vendredi soir, vers dix-neuf heures, Claude est revenu à Saint-Clément. Il est allé à l'endroit où toi et Max avez trouvé la camionnette, Babette. Christelle le suivait dans sa voiture. Ils l'ont garée le long de la route et ont roulé jusque chez eux dans la voiture de Claude. Mon agent l'a vue juste avant qu'ils ne la cachent dans le garage, où ils ont effacé toute trace du séjour de Moineau. Claude a alors changé ses vêtements pour ceux de Moineau, puis lui et Christelle sont entrés dans la maison. Et vous connaissez la suite.

— C'est Christelle qui m'a assommée, n'est-ce pas ?

— Oui, fit Daniel. Claude a ensuite pris le revolver pour tuer Moineau.

— Oh ! fit Babette.

La pensée de la mort de Moineau lui chavirait l'estomac.

— Ils ont transporté Moineau à l'intérieur, puis Claude a mis le revolver dans ta main et il a tiré. Nous sommes retournés dans la maison hier et nous avons trouvé la balle dans le mur. C'est

Claude qui a mis le feu, pas la lampe. Lui et sa femme sont partis dans la camionnette de Moineau jusqu'à l'endroit où Christelle avait laissé sa voiture. Ils se sont débarrassés de la camionnette et sont repartis vers la métropole dans sa voiture à elle. Elle a déposé son mari dans un autre hôtel, et il a pris l'avion pour New York le lendemain matin. Elle devait toucher les primes d'assurance et l'y rejoindre avec Camille avant de partir tous les trois vers un autre pays.

— Où est-il maintenant? questionna Jacques Trudel.

— Nous avons communiqué avec la police new-yorkaise qui lui a mis la main dessus, dit Daniel en retournant s'asseoir. Et voilà. Reste le procès. Les renseignements que Christelle nous a donnés nous faciliteront la tâche. Son aide pourrait aussi alléger sa sentence.

— Mais c'est une meurtrière, dit Jacques.

— Selon elle, Claude la menaçait d'enlever leur fille si elle ne l'aidait pas.

— Pauvre femme! s'exclama Josée.

— Elle a choisi sa fille plutôt que la nôtre, dit Jacques. Elle aurait pu en parler à quelqu'un et obtenir de l'aide. Le dire à Babette, même. Elle la voyait tous les jours.

— Pourrais-je voir Christelle? demanda Babette.

Elle devait la confronter, lui demander pour quelle raison elle avait laissé son mari faire une telle chose.

Hochant la tête, Daniel appela un policier qui conduisit Babette jusqu'à une pièce, au sous-sol. La pièce empestait l'humidité, la fumée de cigarettes refroidie et les corps mal lavés. Babette prit place derrière une vitre, et Christelle s'assit de l'autre côté. Elle portait une robe en coton vert pâle et des chaussures souples. Ses cheveux étaient ébouriffés et ses yeux, rouges et bouffis, étaient dépourvus de maquillage. Elles parlèrent à travers un petit orifice.

— Je suis désolée, Babette, dit-elle, les joues inondées de larmes.

— Moi aussi, Christelle.

Cette femme avait tout : une adorable petite fille, une carrière, un foyer. Cette femme avait aidé son mari à assassiner Moineau et avait abandonné Babette pour qu'elle meure, elle aussi. Cette femme aurait vécu encore mieux avec tout l'argent qu'ils auraient reçu. Bien sûr. Les larmes qu'elle versait aujourd'hui signifiaient peut-être qu'elle avait essayé d'arrêter Claude. Il n'aurait pourtant fallu qu'un seul coup de fil à la police.

« Si tu avais été à sa place, effrayée à l'idée de perdre Camille, dominée par Claude, aurais-tu eu le courage de le faire ? se dit Babette. Pour empêcher un meurtre ? J'espère bien ». Elle regarda Christelle. Son visage exprimait une telle douleur. « D'accord, je lui accorde ma pitié, mais elle n'en demeure pas moins coupable. »

— Je dois savoir. Pourquoi Claude s'est-il habillé comme Moineau, ce soir-là ?

— Il a déposé la rose près de chez toi et t'a suivie avec la camionnette pour te faire croire que Moineau te traquait. Tu aurais dit avoir vu Moineau dans la maison. Tout le monde croirait que tu avais tué Claude en le prenant pour Moineau. De cette façon, tu ne serais pas trop inquiétée.

— Mais j'aurais pu mourir dans les flammes. Ça n'avait donc pas beaucoup d'importance pour vous ?

Christelle baissa les yeux et regarda ses mains.

— Claude m'avait promis d'appeler les pompiers lorsque nous serions sortis de la maison.

— Bien sûr, comme si j'allais croire une telle chose.

Sa colère lui donnait chaud, malgré la fraîcheur de la pièce.

— C'est vrai, dit Christelle, le regard suppliant. Seulement, en cours de route, il m'a dit avoir changé d'idée.

— Ne pouviez-vous pas faire quelque chose ?

Christelle enfouit son visage dans ses mains et se mit à sangloter. Babette soupira, se sentant subitement coupable. Elle avait l'impression de s'acharner sur un être blessé. Claude était le seul à mériter sa colère.

— Et Camille ? demanda doucement Babette.

— Ils l'ont emmenée. Babette, je sais que j'irai en prison. Je l'ai mérité. Mais perdre Camille... Le monde pourrait aussi bien s'arrêter.

Elle regarda Babette droit dans les yeux.

— Je sais que tu m'en veux. Tu dois penser que je mérite de la perdre.

— Non.

— Ma sœur et son mari vont s'en occuper, continua la jeune femme. Ils ont toujours voulu un enfant, mais n'ont jamais pu en avoir. L'entreprise pour laquelle ils travaillent a une filiale à Valmont. Ils ont demandé d'y être affectés. Camille sera ainsi assez près pour me rendre visite.

Sa voix se brisa. Silencieuse, elle essuya ses yeux.

— Ils auront parfois besoin d'une gardienne, ajouta-t-elle. Accepterais-tu de la garder ?

Le cœur de Babette bondit. Elle ne voulait pas perdre Camille. Mais que penseraient ses parents si elle s'occupait de la fille du couple qui avait voulu la tuer ?

— Je vais y réfléchir.

Chapitre 24

Ce soir-là, à table, elle parla à ses parents de la proposition de Christelle.

— C'est hors de question ! dit son père d'un ton sec. Ses parents ont essayé de te tuer !

— Camille n'a rien à voir avec ça. Elle va traverser une période difficile. Une nouvelle famille, un nouveau milieu... Je peux peut-être l'aider.

— C'est comme si nous leur pardonnions, grommela son père.

— Non, papa. C'est montrer à Camille qu'elle est importante, peu importe qui sont ses parents. Elle en a besoin. Tu ne penses pas ? ajouta Babette en cherchant du regard le soutien de sa mère.

— Babette a raison, dit celle-ci. Cette petite fille mérite mieux.

— Très bien, soupira Jacques Trudel. Mais il n'est pas question que tu la gardes chez elle. Nous ne connaissons pas ces gens. Ils sont peut-être très gentils, mais ils pourraient être aussi mauvais que...

Babette bondit sur ses pieds et l'embrassa.

— Merci, papa !

Un mois plus tard, Nina, Max et Babette étaient assis autour de la table, sur la terrasse des Trudel. La mère de Babette sortit, le courrier à la main. Elle tendit à Babette une carte postale illustrant une plage hawaïenne. La jeune fille la tourna et lut :

Passons un excellent séjour. Avons rencontré deux gars super. Dommage que tu ne sois pas avec nous. À la semaine prochaine. Amitiés,
Kariane et Léa

— Comment la Bande des quatre prendra-t-elle ça ? demanda Nina en riant.

— Babette ! appela Camille de la cuisine.

Babette la gardait cet après-midi là. Elle la vit sortir en courant de la maison. Touffu, sa laisse dans la gueule, trottait à côté d'elle.

— Touffu dit qu'il veut aller au parc, dit la fillette.

Babette regarda sa montre. Quatorze heures trente. Elle ne commençait à travailler au restaurant qu'à dix-sept heures.

Elle alla chercher la balle de tennis pendant que Max attachait la laisse au collier de Touffu, puis ils partirent au parc voisin. Babette montra à Camille le panneau bleu et gris à l'entrée du parc.

— Parc Moineau, lut Babette.

Ses yeux s'embuèrent. Que ressentirait Camille le jour où elle apprendrait ce que ses parents avaient fait à Moineau ? La fillette voyait un psychologue. Il avait conseillé de dire à Camille que ses parents étaient en prison pour avoir volé de l'argent. Elle apprendrait la vérité plus tard. La serrant dans ses bras, Babette souhaita faire l'impossible et rendre la fillette assez forte pour affronter la réalité.

Ils s'arrêtèrent devant une machine distributrice récemment installée à l'entrée. Ils poussèrent le bouton et obtinrent un petit sachet de graines. Lorsque les ouvriers avaient démoli la cabane de Moineau, ils y avaient découvert des milliers de dollars cachés sous le plancher. Le père de Moineau avait investi cet argent et créé une fondation pour nourrir les oiseaux du parc.

Plusieurs enfants et leurs parents jouaient dans l'aire de jeu, mais il n'y avait personne à la fontaine. Lorsqu'elle l'atteignit, Babette tendit la balle de tennis à Camille qui partit jouer avec Nina, Max et Touffu. Le piaillement des oiseaux couvrait le bruit de la fontaine.

Babette s'assit sur le banc. Elle eut subitement l'impression de sentir Moineau à ses côtés. Il lui sourit en touchant sa casquette. Alors que son image disparaissait, Babette regarda les petits oiseaux qui voletaient vers elle. Elle versa quelques graines dans sa main, allongea son bras.

Et attendit.

Dans la même collection

Déjà paru

n° 80

Le cadavre
du lac

LE PLAISIR DE LIRE

Salut! Nous voulons savoir si tu as aimé ce livre et mieux connaître tes habitudes de lecture.

Nom de la collection : _____

Titre : _____

As-tu aimé ce livre?
❑ Je l'ai adoré ❑ Je l'ai aimé ❑ C'est plutôt bien ❑ Pas vraiment ❑ Pas du tout

Explique en quelques lignes pourquoi : _____

_____

_____

Liras-tu d'autres livres de la même collection? ❑ oui   ❑ non

Où as-tu acheté ce livre? _____

Quel genre de livres lis-tu? (Coche tous les styles que tu lis.)
❑ romans policiers (ex.: Agatha Christie) ❑ romans de science-fiction ❑ romans d'aventures
❑ thrillers (ex.: Frissons) ❑ romans d'épouvante ou fantastique ❑ romans d'amour

Quels sont les trois derniers livres que tu as lus? _____

_____

Quels magazines lis-tu? _____

Où lis-tu surtout? _____

Quand lis-tu? _____

Quelles émissions de télé aimes-tu regarder? _____

Prénom : _____ Nom : _____

Sexe : ❑ masculin ❑ féminin   Âge : _____

Adresse : _____

Ville : _____ Province : _____ Code postal : _____

Tu peux envoyer ce questionnaire :
1. Par la poste à : LE PLAISIR DE LIRE, 300, rue Arran, Saint-Lambert (Québec) J4R 1K5
2. Par télécopieur au (514) 672-5448
3. Par courrier électronique à l'adresse suivante : heritage@mlink.net

Achevé d'imprimer en avril 1998 sur les presses de
Payette & Simms inc. à Saint-Lambert (Québec)